사적인
글쓰기

사적인

류대성 지음

글쓰기

'쓰고 싶은 사람'에서 '쓰는 사람'으로,
오로지 나를 위한 글쓰기 시간

Humanist

'나'를 위한 글쓰기가 필요한 당신에게

대학교 신입생 시절, 학교 앞에 자주 가던 카페가 있었습니다. 좁은 골목을 따라가면 주택을 개조해 만든 작은 카페가 나왔습니다. 1층에는 작은 테이블이 세 개쯤 있었고, 계단을 올라가면 고개를 숙여야 들어갈 수 있는 다락방도 하나 있었습니다. 테이블 위에는 촛불과 시답잖은 낙서가 적힌 노트가 굴러다녔습니다. 저는 거기에 무언가 끄적인 적도 없고 그걸 읽을 마음도 없었습니다. 제가 그곳에 간 유일한 이유는 창문이 없었기 때문입니다. 그 시절, 고전음악감상실이나 창문이 없는 카페를 찾았던 건 혼자만의 시간과 나만의 동굴이 필요했습니다.

연인과 아쉽게 헤어져 돌아오는 길에도 마음이 헛헛할 때가 있습니다. 오랜 친구와 질리도록 수다를 떨어도 고구마가 얹힌 듯 답답할 때도 있고요. 가족과 함께 텔레비전을 보며 낄낄거리다가도 문득 가슴에 서늘한 바람이 불 때도 있죠. 성격과 취향이 달라도 사람은 누구나 한번쯤 혼자라는 생각을 하기 마련입니다. 지금도 저는 비 오는 날 창밖을 내다보며 멍 때리는 시간이 가장 고요하고 행복합니다.

'사적인 글쓰기'는 홀로 내뱉는 한숨입니다. 타인과 공유할 수 없는 내 안의 무언가를 토로하는 시간을 갖는 일이고, 고독하지만 자유롭게 나를 풀어 놓는 일이죠. 글쓰기는 타인과의 관계에서 잠시 벗어나 현실을 돌아보고 미래를 꿈꾸는 행위입니다. 글을 쓰는 동안 자신의 말과 행동을 성찰하고 지나간 시간과 다가올 미래를 객관적으로 바라볼 수 있기 때문입니다.

아침에 눈을 떠서 잠이 들 때까지 한순간도 혼자 있기가 힘든 세상이 되었습니다. 그렇지만 인공지능 스피커에게 말을 건네고 아이폰의 시리(Siri)가 대신 문자를 보내 줘도 우리에겐 여전히 할 말이 남아 있습니다. 타인의 무심한 위로 한마디에 눈물을 흘릴 때도 있지요. 산다는 건 생각보다 보잘것없는 일들에 감사하는 과정이 아닐까요?

세상은 내 생각과 많이 다릅니다. 타인의 감정은 말할 것도 없습니다. 글쓰기는 그 간극을 메우는 일이며, 상처를 치유하는 과정이고, 삶의 태도를 가다듬는 방법입니다. 인스타그램이나 페이스북에 올리는 글, 친구와 주고받는 문자 메시지, 업무 이메일 등 글을 쓰지 않고 사는 사람은 거의 없습니다. 글쓰기는 점점 더 필수적인 삶의 도구로 자리 잡고 있습니다.

글쓰기는 소통을 위한 도구 역할을 합니다. 하지만 그보다 더 중요한 건 내 안의 진정한 '나'를 발견하는 일입니다. 내가 진짜 원하는 건 뭘까요? 다른 사람이 아니라 내 욕망에 충실할 때는 언제인가요? 글쓰기는 나를 나답게 만드는 좋은 방법입니다. 잠시라도 좋습니다. 혼자만의 시간, 나만의 글을 쓸 수 있는 시간을 가져 보세요.

저는 아주 오랫동안 사적인 글을 써 왔습니다. 책을 읽고 글을 쓰는 일만 하며 살고 싶다는 소망을 이루기까지 오랜 시간이 걸렸습니다. 그것은 지극히 사적인 글쓰기에서 시작됐습니다. 늘 책을 읽고 서평이라기보다는 일기에 가까운 글을 쓰며 지냅니다. 이것은 목적과 방향이 없는 습관이며 취미이고 놀이에 불과합니다. 그러나 깊고 깊은 책숲을 헤매면서 저 자신을 돌아보고 인간과 세상에 대해 고민하는 동안 세상을 보는 눈이 바뀌었고 삶의 목표와 방법도 달라졌습니다. 그동안 책과 글을 매개로 많은 사람을 만났고 새로운 일들이 생겼습니다.

세상에는 '쓰고 싶은 사람'과 '쓰고 있는 사람'이 있습니다. 또한 세상에는 글쓰기에 관한 책이 차고 넘치죠. 그러나 글쓰기에 정답은 없습니다. 사람마다 걸리는 시간이 조금씩 다를 뿐이죠. 글쓰기는 결과가 아니라 과정입니다. 그렇기 때문에 어떤 글이든 좋습니다. 상처를 보듬고 위로받는 치유의 글쓰기도 좋고,

갈등과 고민을 털어놓는 상담 창구 역할도 좋습니다. 때로는 글쓰기로 감정을 배출하고 '자유'와 '정의' 같은 주제로 사유의 흔적을 남기는 건 어떤가요? 정치에 대한 분노, 주식과 부동산에 대한 관심, 결혼과 출산을 위한 준비, 허무와 냉소의 감정도 글로 기록해 보세요. 기록의 가치를 따지지 말고 쓰고 또 쓰는 행위 자체에 몰입해 보면 어떨까요?

이 책을 준비하면서 많은 사람에게 물었습니다. 언제 글을 쓰고 싶은지, 왜 글쓰기를 어려워하는지, 글을 쓸 때 무엇이 힘든지. 그러니까 글을 쓰면서 가장 궁금한 게 무엇인지를요. 첫 책을 준비 중인 미술 교사, 법률 회사에 다니는 직장인, 복학을 앞둔 대학생 등 다양한 분이 여기에 대답해 주셨습니다. 사서와 교사 대상으로 서평 쓰기와 글쓰기 강의를 하면서 받은 질문도 함께 담았습니다. "필사를 하면 글을 잘 쓸 수 있나요?", "글을 쓸 때 줄임말을 쓰면 안 되나요?", "좋은 글의 기준은 무엇인가요?" 제가 막연하게 짐작했던 것보다 훨씬 더 근본적이고 구체적인 질문들이 쏟아졌습니다.

질문을 들으며 무엇보다 놀란 것은 글쓰기에 대한 사람들의 편견이었습니다. "글쓰기 재능은 타고나는 것"이라거나 "글쓰기는 시인과 소설가만의 일"이라고 하는 등 국어 시간의 나쁜 기억, 빨간 펜의 트라우마, 문학적 글쓰기에 대한 좌절이 성인이 된 뒤에도 생각보다 깊은 상처로 남아 있었습니다. 우리는 리포트, 보고서, 자기소개서, 기획서 등 생존을 위한 글쓰기와 보여주기용 글쓰기에 너무 익숙합니다. 그러다 보니 많은 사람이 글 쓰는 즐거움을 느껴 보지 못했고 '나를 위한 글쓰기'를 해 본 경험이 없습니다.

이 책은 1부에서 우선 '자기 점검'을 시작합니다. 2부에서는 글쓰기에 대한 여러 가지 오해와 편견의 벽을 넘고, 3부에서는 구체적인 방법론에 대해 이야기합니다. 이런 구조를 편안하게 따라가며 30가지 질문을 함께 고민합니다. '4부 사글사글 상담실'은 평소 꾸준히 글을 써 온 네 분의 글을 받아 작은 도움을 드리는 과정을 담았습니다. 제가 글을 쓸 때 사용하는 방법을 적용해 구체적인 피드백을 드리려고 노력했습니다. 사글사글 상담실을 방문하신 모든 분이 계속해서 글쓰기에 도전하셨으면 좋겠습니다.

아주 먼 옛날, 책과 글은 소수가 독점했습니다. 책을 읽는 것도 특권이었고 글을 쓰는 사람도 적었습니다. 인쇄술이 발달하면서 지식이 대중화되고 누구나 읽을 수 있는 시대가 되었지만 글을 쓰는 사람은 여전히 소수에 불과했죠. 그러나 시간이 흘러 이제는 모든 사람이 읽고 쓰는 시대입니다. 그야말로 '쓰는 인간'이 대세가 된 거죠. 이제, 누구도 아닌 '나'를 위한 이기적인 글을 써 보면 어떨까요?

기획 단계부터 세심하게 신경 써 준 휴머니스트 편집부와 '사글사글 상담실'을 찾아 준 최지연 님, 김혜련 님, 김성혜 님, 박주은 님, 김정수 님, 임채민 님, 김은혜 님, 연정 님, 오아시스 님, 유민선 님, 이순희 님 등 많은 분께 고마운 마음을 전합니다. 글을 쓰는 동안 원고를 읽고 조언해 준 분들, 세상 모든 책의 저자들, 사적 영역에서 함께 울고 웃던 모든 분께도 감사드립니다. 각자의 방식으로 남은 삶을 아름답게 채워 나가시기 바랍니다.

2018년 6월 사적인 공간에서

류대성

차례

머리말 '나'를 위한 글쓰기가 필요한 당신에게 » 4

1부
글을 쓰고 싶은 당신에게
던지는 질문들

나는 '왜' 쓰려고 하는가? » 16

'무엇'에 대해 쓰고 싶은가? » 23

'나'도 글을 쓸 능력이 될까? » 30

글쓰기를 '언제' 시작하면 좋을까? » 37

글쓰기에 제일 좋은 곳은 '어디'일까? » 43

2부
나만의 글쓰기를
방해하는 편견들

글을 쓴다고 내 삶이 달라질까? » 52

글쓰기 실력은 타고나는 걸까? » 57

나를 어디까지 드러낼 것인가? » 63

글쓰기 좋은 성격이 따로 있을까? » 70

책을 읽지 않고도 잘 쓸 수 있을까? » 77

글쓰기는 작가만 하는 일일까? » 83

글쓰기는 우아한 정신노동일까? » 89

글쓰기에 특별한 준비가 필요할까? » 95

3부

사적인 글쓰기를
시작하는 당신에게

나만의 글쓰기 비법을 만들려면? » 102

나에게도 '마감'이 필요할까? » 108

내 글에 독자가 꼭 필요할까? » 114

언어 감수성을 예민하게 갈고 닦으려면? » 120

나도 전문가처럼 쓸 수 있을까? » 127

머리를 움직이는 글쓰기는 어떻게 가능한가? » 133

'매력적인 도입부'와 '깔끔한 마무리'를 쓰려면? » 139

'감동적 표현'과 '기막힌 문장'은 어떻게 탄생하는가? » 146

이모티콘, 줄임말, 신조어를 써도 괜찮을까? » 152

발췌와 인용을 잘하는 특별한 기술이 있을까? » 158

나는 '된장'이라 썼는데 사람들은 왜 '젠장'이라 읽을까? » 164

요약이 글쓰기에 도움이 될까? » 170

필사적으로 필사해야 할까? » 177

A4 1쪽을 채우면 책 한 권을 쓸 수 있다고? » 184

아날로그와 디지털, 어떤 도구가 글쓰기에 더 좋을까? » 190

글쓰기가 나를 치유할 수 있을까? » 197

한 편의 글은 어떻게 완성되는가? » 204

4부
사글사글
상담실

CASE #1 에세이 소개팅 – 연정 ≫ 213

CASE #2 서평 그릿 – 오아시스 ≫ 230

CASE #3 영화 리뷰 중경삼림 – 유민선 ≫ 245

CASE #4 여행기 안나푸르나 트레킹 – 이순희 ≫ 253

'사적인 글쓰기'를 돕는 몇 권의 책 ≫ 262

참고 문헌 ≫ 266

1부

글을 쓰고 싶은 당신에게 던지는 질문들

나는 '왜' 쓰려고 하는가?

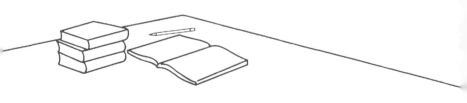

버려진 섬마다 꽃이 피었다.
버려진 섬마다 꽃은 피었다.

"버려진 섬마다 꽃이 피었다." 김훈이 쓴 《칼의 노래》 첫 문
장이다. "버려진 섬마다 꽃은 피었다."와 어떻게 다를까. 김훈은
'이'와 '은'을 두고 꼬박 일주일을 고민했다고 한다. 조사 하나 차
이로 문장의 의미가 완전히 달라지기 때문이다. 주격 조사 '이'
는 '피었다'의 행위 주체인 '꽃'에게 문장의 주어 자격을 부여한
다. 반면 보조사 '은'은 문장 안에서 대조·강조·화제의 용도로
쓰인다. '꽃이 피었다.'가 객관적 사실을 표현한다면, '꽃은 피었
다.'는 주관적 정서를 표현한다. 이것은 글쓰기를 시작하는 사람
에게도 반드시 필요한 고민이다.

말하기에서는 억양·성량·속도와 같은 '반非언어적 표현'과 표정·몸짓·눈빛 등 '비非언어적 표현'이 말하는 내용보다 중요할 때가 많다. 이에 비해 글쓰기는 오로지 '언어의 힘'으로만 쓰는 이의 생각과 감정을 전달하기 때문에 어떤 단어와 조사를 선택하고 배열하느냐에 따라 의미가 달라질 수 있다. "지금 창밖엔 가을을 재촉하는 비가 내린다."라는 문장을 보자. "창밖에 비가 내린다."와 "창밖에 비는 내린다."의 차이가 당신이 쓴 글의 의미와 결과를 뒤바꿀 수도 있다.

사적인 글쓰기는 개인적인 생각과 감정을 드러낸다. '나는 왜 쓰려고 하는가?'라는 고민을 하기 전에 내가 하고 싶은 '말'과 내가 쓰고 싶은 '글'에는 차이가 있다는 사실을 기억하자.

사적인 글쓰기를 시작하는 당신은 내면의 감정에 솔직해야 한다. 내가 쓴 글의 내용이 일반화될 수 있는지, 누가 읽어도 공감할 수 있는지 고민하기 전에 글쓰기의 두려움에서 벗어나는 일이 먼저다. 그러면 자연스럽게 내면의 소리에 귀 기울이며 나만의 글쓰기를 시작할 수 있다. 사적인 글쓰기는 그렇게 당신의 개인적 경험을 통과한 생각과 감정을 드러내는 일이다.

살아가는 일은 누구에게도 녹록지 않다. 마음먹은 대로 되는 일보다 안 되는 일이 더 많다. 자기 욕망의 크기 때문일 수도 있고, 잘못된 시스템과 불공정한 사회 탓일 수도 있다. 우리는 때때로 좌절하며 한숨을 쉰다. '내일은 또 다른 태양이 뜬다.'라고 위로하며 마음을 다잡다가도 '아프니까 청춘이다.'라는 말을 듣고 분노하기도 한다. 경쟁이 치열하고 미래가 불분명할수록 타인의 위로보다 자신과 대면하는 고독이 필요하다. 이럴 때, 글쓰기는 내 안의 나를 들여다보는 시간을 갖게 해 준다.

네트워크 시대를 사는 현대인은 단 한순간도 홀로 지내기 어렵다. 오장육부에 스마트폰까지 부착한 '오장칠부'의 인간이 바로 지금 우리의 자화상이다. 함께 모여 이야기를 나눌 때도 뭔가 궁금하거나 의견이 다르면 동시에 스마트폰을 꺼낸다. 마치 경쟁이라도 하듯 실시간으로 흡입한 정보를 주고받으며 대화를 이어 간다. 잠드는 순간까지 페이스북, 인스타그램, 트위터, 카카오톡을 확인하는 당신의 모습은 어떤가. 조용히 사색에 잠겨 하루를 정리하고 책장을 넘기며 '고독의 시간'을 갖는 사람이 얼마나 될까.

사람들이 고독을 피하는 이유는 불안 때문이다. 스마트폰을 들여다보지 않으면 뒤처진다는 생각, 중요한 정보를 놓칠지도 모른다는 걱정, 메시지를 통한 대화와 소통이 오히려 당신을 불안하게 한다. 오늘날 우리는 인간관계에 큰 의미를 두지만, 사실 인간관계와 행복의 연결 고리는 매우 허약하다. 좋은 인간관계를 맺으면 삶이 더할 나위 없이 행복하고, 행복하지 못하면 분명 인간관계에 문제가 있다는 생각은 지나치지 아닐까? 물론 사랑과 우정은 삶을 가치 있게 만드는 중요한 부분이다. 하지만 행복의 유일한 요소는 아니다. 그러나 사람들 대부분은 관계 불안에서 벗어나지 못한다. 관계 불안은 어쩌면 눈부신 과학기술의 발전 속도에 비례할지 모른다. 일시적이고 즉흥적인 관계, 비대면 접촉의 온라인 관계가 오히려 영혼을 잠식하기 때문이다.

시인 윌리엄 워즈워스는 "바쁘게 돌아가는 세상에서 우리 모두 좋은 본성과 너무도 오랫동안 떨어져 시들어 가고, 일에 지치고, 쾌락에 진력이 났을 때, 고독은 얼마나 반갑고 고마운가."라고 말한다. 잠시 스마트폰을 끄고 눈을 감고 고요한 침묵 속에 나를 맡겨 보자. 사회적 가면인 페르소나persona를 벗고 본질적 자아인 아니마anima를 만날 때 비로소 '나를 위한 글쓰기'가 시작된다.

'나'를 돌아보지 않으면 '왜'는 무의미해진다. '나는 왜 쓰려고 하는가?'에 대한 답은 오롯이 자기 자신과의 대화를 통해 얻을 수 있다. 어떤 사람이 되고 싶다거나 어떻게 살고 싶다는 욕망이 아니라 자신의 취향, 성격, 감정을 들여다보자. 타인의 눈에 비친 나와 내가 아는 나는 다르다. 자신에 대해 생각해 보는 과정에서 왜 쓰려고 하는지 솔직한 답을 얻을 수 있다.

조지 오웰은 《나는 왜 쓰는가》에서 글을 쓰는 네 가지 동기를 제시한다. 첫 번째는 순전한 이기심이다. 똑똑해 보이고 싶

글을 쓰고 싶은
당신에게 던지는 질문들

은, 사람들의 이야깃거리가 되고 싶은, 사후에 기억되고 싶은, 어린 시절 자신을 푸대접한 어른들에게 앙갚음을 하고 싶은 욕구다. 두 번째는 미학적 열정이다. 외부 세계의 아름다움에 대한, 낱말과 그것의 적절한 배열이 갖는 묘미에 대한 인식이다. 세 번째는 역사적 충동이다. 사물을 있는 그대로 보고, 진실을 알아내고, 후세를 위해 그것을 보존하려는 욕구다. 네 번째는 정치적 목적이다. 세상을 특정 방향으로 밀고 가려는, 어떤 사회를 지향해야 하는지를 둘러싸고 타인의 생각을 바꾸어 보려는 욕구다.

조지 오웰의 말대로, 글쓰기는 이기심에서 출발한다. 타인에게 인정받고 싶은 '인정투쟁'이야말로 글쓰기의 본질적 목적이 아닐까? 자신의 경험과 생각을 글로 표현하는 일 자체에 만족하는 사람은 노트에 글을 써서 책상 서랍에 보관하면 그만이다. 하지만 무의식중에 일기조차 언젠가 공개될 수도 있음을 염두에 두고 쓰게 된다. 사적인 글쓰기라고 해서 반드시 '나만의 글쓰기'인 것은 아니다. 창밖에 가을비가 내려 나의 '감정'이 움직이는 이유가 개인적 경험과 추억 때문만은 아니다. 현재 상황과 맥락에 따라 하고 싶은 이야기가 달라질 수도 있다. 그것이 타인에게 감동을 주고 공감을 얻는다면 '인정투쟁'에 성공한 글쓰기라고 할 수 있지 않을까?

사적인 글쓰기는 '나'에서 시작한다. 그래서 공시적·통시적 관점에서 내가 서 있는 시대적·역사적·공간적 위치가 어디인지 확인하는 일이 중요하다. 내가 속한 사회의 특징과 시대정신을 읽는다면, 글쓰기를 통해 보다 나은 내일과 문제 해결을 위한 진지한 고민으로 나아갈 수 있다. 모든 개인은 사회 안에 존재하고, 한 사회는 각각의 개인이 모인 집단이다. 따라서 글을 쓸 때는 시간과 공간이 교차하는 지점, 즉 내 좌표를 확인하고 출발해야 한다.

자아의 본질적 모습을 확인하고 당신이 서 있는 시공간의 특수성을 확인했다면 이제 '왜' 쓰려고 하는지 좀 더 분명해졌을 것이다. 하루하루 일상을 기록하면서 자신의 경험을 새로운 관점으로 보면 어떨까? 친구와 마주 앉아 수다를 떨며 마신 커피 한 잔과 케이크 한 조각도 훌륭한 글쓰기의 소재가 된다. 커피 한 잔과 시간당 최저 임금을 연결할 수 있고, 프랜차이즈 커피 전문점에서 일하는 아르바이트 노동자의 표정을 묘사할 수도 있다. 같은 경험을 해도 두 친구가 쓰는 글의 내용은 전혀 다를 수 있다. 사적인 글쓰기는 그렇게 자기 존재의 크기를 보여 주는 과정과 결과다.

'왜 쓰려고 하는가?'라는 질문을 비틀어 '왜 쓰지 않는가?'라고 묻고 싶다. 글쓰기가 어려워서? 시간이 없어서? 쓸거리가 없어서? 그렇지 않다. 글쓰기는 자기 존재에 대한 확인이며, 삶의 목적과 방향을 고민하는 과정이다. 세상에 사소한 일은 없다.

오늘 내가 먹은 밥 한 끼의 소중함이 북핵 문제 해결을 위한 한미 정상회담보다 그 의미가 작다고 할 수 없다.

글쓰기는 동일한 사물과 사건을 다르게 보는 과정이다. 나만의 관점으로 인간과 세상을 바라보고 그것을 표현하고 싶은 욕망, 타인에게 감동을 주고 누구나 고개를 끄덕일 만큼 공감할 수 있는 글을 쓰고 싶은 욕망이 사적인 글쓰기다. 당신은 왜 쓰려고 하는가? 주체적 삶을 향한 몸부림, 내 존재를 드러내려는 노력, 나만의 빛깔과 향기를 표현하고 싶은 마음, 미래를 위한 변화와 노력 등. 문자 메시지·일기·SNS·이메일·서평·영화 리뷰·공연 관람 후기·여행기 등 어떤 종류의 글이든 그렇다.

나의 사적인 글쓰기의 시작은 서평이었다. 《이이화의 한국사 이야기》 22권을 끝낸 뿌듯함과 감동을 잊고 싶지 않았다. 한글 프로그램을 열고 깜박이는 커서를 쳐다보다 키보드를 두드리기 시작했다. 그러자 다른 세상의 문이 열렸다. 현실 너머 저편의 또 다른 세상. 그것은 나만의 방이었고, 고독하지만 행복한 세계의 문이었다. 오롯이 나만의 세계로 들어서는 비밀의 문을 연 것이다. 그렇게 목적도 방향도 없는 글쓰기를 이어 갔다. 내 글은 나는 누구인지, 인간은 어떤 존재인지, 세상은 어떤 곳인지에 대한 끝없는 질문과 사색의 결과였다. 특별히 어떤 글을 쓰겠다는 목적도, 작가가 되겠다는 욕망도 없었다. 그저 지극히 사적인, 너무나 사적인 호기심과 질문의 시작이었다.

'무엇'에 대해 쓰고 싶은가?

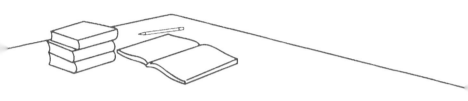

'먹방'의 시대다. 텔레비전 채널을 돌리다 보면 음식 프로그램 하나쯤은 언제든 볼 수 있다. 맛집 소개부터 셰프들의 요리 대결까지 여러 방법으로 시청자들의 식욕을 충동질한다. 이들이 만든 음식은 얼마나 맛있을까? 아니 어떻게 이들처럼 요리할 수 있을까? 이런저런 호기심이 사람들의 침샘을 자극한다. 그러나 나처럼 음식이니 맛집이니 하는 데 무관심한 사람은 식욕 자체가 때로는 거추장스럽다. 무명작가 시절 찬물이 얼어붙는 방에서 지내던 이외수는 인간이 먹어야만 살 수 있다는 사실이 혐오스럽다고 토로한 적이 있다. 인간의 기본 욕구인 식욕조차 사람마다 이렇게 극단적인 차이를 보일진대, 하물며 글쓰기에 대한 관심과 태도는 말할 필요도 없지 않을까?

누구나 한 번쯤 어떤 음식을 먹을지, 어디로 여행을 갈지 고

글을 쓰고 싶은
당신에게 던지는 질문들

민해 본 적이 있을 것이다. 하지만 그보다 더 중요한 건 '누구'와 함께할지가 아닐까? 같은 책을 읽고, 같은 영화를 보고, 같은 곳에 가고, 같은 음식을 먹어도 사람마다 다르게 느낀다. 누구와 함께했고 어떤 상황에서 경험했는지에 따라 감동도 다르다.

글쓰기도 그렇다. '무엇'에 대해 쓸지 고민하기 전에 내 경험과 감정, 생각을 점검하자. 동일한 대상에 대해 쓰더라도 중요한 건 '관점의 차이'다. 대상을 감각하고 인지하는 과정의 '차이'가 개성적인 글쓰기를 가능하게 한다. 나만의 글쓰기는 '무엇'을 쓰느냐가 아니라 그 무엇을 바라보는 '눈'의 위치와 방향에 따라 달라진다.

'동일성'과 '차이'는 철학책에 나오는 어려운 주제가 아니다. 글을 쓸 때 무엇보다 중요한 건 '동일성' 너머의 '차이'를 드러내는 일이다. 동일한 대상을 다르게 느끼고 생각하는 이유 중 하나는 '시간의 차이'다. 언제 먹었는가? 언제 떠났는가? 언제 보았는가? 그리고 '공간의 차이'에서 비롯하기도 한다. 어디서 먹었는가? 어디로 떠났는가? 어디서 보았는가? 마지막으로 '관계의 차이'가 있다. 누구와 먹었는가? 누구와 떠났는가? 누구와 보았는가? 시간·공간·관계의 3요소 외에도 날씨·심리 상태·배경지식 등에 따라 '무엇'은 전혀 다르게 감지될 수 있다. 그렇기 때문에 '무엇'을 쓸지 고민하기 전에 동일한 대상에서 '차이'를 발견하는 연습이 필요하다.

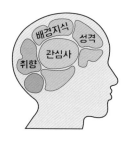

관찰/감각/인지
차이를 발견 → 현상/사물/사건/사람

» 차이를 발견하는 연습

　나는 책이나 영화를 보기 전에 그에 관한 다른 사람의 글을 읽지 않는다. 책의 작가와 차례와 내용, 영화의 감독과 배우 등을 살핀 뒤 내용과 흐름을 추측한다. 직접 책을 읽고 영화를 볼 때까지 가급적 선입견 없이 오직 나만의 생각과 느낌으로 보려고 한다. 책 표지를 열어 차례를 살피고, 서문을 읽으면서 구성과 내용을 가늠한다. 그런 다음 본문의 첫 문장을 읽기 시작할 때의 그 신선한 느낌이 좋다. 영화도 비슷하다. 극장에서 불이 꺼지고 영화사 타이틀이 나오기 전에 암전되는 그 순간이 너무 좋다. 현실 너머 환상의 세계로 들어서는 느낌이 든다. 영화가 어떻게 시작될지, 첫 대사는 무엇일지 가장 기대되는 순간이다.

　네트워크가 쏟아 내는 '정보의 홍수'가 오히려 불편할 때가 있다. SNS에서 출판사와 영화사의 홍보 자료, 몇몇 사람들의 평가가 돌고 돌면서 책을 읽고 영화를 보기 전에 타인의 느낌과 생각을 강요받는다. 지나치게 많은 정보 때문에 오히려 나만의 경

글을 쓰고 싶은
당신에게 던지는 질문들

험과 느낌으로 '차이'를 발견할 기회를 잃는다. 책과 영화뿐 아니라 각종 전시회, 공연, 여행, 맛집도 마찬가지다. 나만의 개성적인 글은 '차이'가 만든다. '차이'는 나를 다른 경험으로 유도한다. '동일성'과 '차이'를 표현하는 과정은 같으면서 다른, 다르지만 비슷한 부분을 확인하는 일이며 새로운 '무엇'을 만들어 내는 창조적 활동이다.

강원도 여행은 새벽에 국도로 출발하는 방법을 권한다. 어느 도로인지 기억나지 않지만 캄캄한 언덕을 넘자 빛나는 별들이 쏟아져 내릴 듯 가득한 밤하늘이 나타났다. 한적한 곳에 차를 세우고 한참 동안 밤하늘을 쳐다봤다. 새벽 3시, 차량 통행도 거의 없는 시간. 하늘을 향해 고개를 꺾으니 저절로 입이 벌어진다. 아~~~ 그 많은 별은 안녕한지? 눈이 시리게 푸른 하늘도, 먹구름으로 가득한 하늘도 빛나는 별을 사라지게 하지는 못한다. 다만 우리 눈에 보이지 않을 뿐이다.

사적인 글쓰기는 특별할 것도 없는 코스, 뻔한 일정에서도 빛나는 '차이'를 만들어 낸다. 반복되는 하루하루지만 세상에 같은 날은 없다. 쉽게 눈에 띄지 않는 것들을 찾고, 숨어 있는 것들을 드러내 보자. 어떻게 보이는지, 어떤 각도에서 보는지, 무엇을 보는지에 따라 평범한 대상은 당신에게 특별한 '무엇'이 된다.

책·영화·전시회·공연·사물·사건·사람·자연 등은 우리 눈에 보이는 구체적 대상이지만 생각(이성)과 느낌(감정)은 눈에 보이지 않는 추상적 대상이다. 글쓰기는 감각과 경험에서 시작해 결국 추상적 언어로 표현하는 과정이다. 글을 쓸 때, 개별적이고 구체적인 대상의 객관적 사실fact을 왜곡하지 않는 일도 중요하지만 상황과 맥락을 고려해 나만의 진실truth을 드러내려는 노력도 필요하다. 그러기 위해서는 원인과 결과를 파악하고 현상과 본질을 분석하는 태도를 가져야 한다. 이 과정에선 이성과 감성의 조절이 중요하며, 글을 쓰는 목적에 따라 내용을 선정하고 적절한 방법도 선택할 수 있다.

시간·공간·관계 속에서 눈에 보이는 것과 눈에 보이지 않는 것의 '차이'를 발견했다면 이제 내 관심사에 집중하자. 사적인 글쓰기야말로 아무거나 쓰기 시작하면 된다. 세상의 '모든 것'이 글쓰기의 대상이기 때문이다. 어떤 분야에 관심이 생겼다면 관련된 주제에 따라 책을 열 권 정도 읽어 보자. 내용과 난이도 등을 조절해서 읽고 나면 그 분야의 전체 흐름과 핵심을 알 수 있다. 반복해서 소개되는 고전이나 신간을 더 찾아 읽을 수도 있고, 그 외에 다양한 자료를 확인할 수도 있다. 처음 생각했던 방향과 다른 글을 쓰게 될 수도 있지만 개의치 말자. 관심과 재미로 시작하는 사적인 글쓰기에 한계는 없다. 고전 영화를 좋아하

글을 쓰고 싶은
당신에게 던지는 질문들

는 아재, 재즈에 관심 있는 직장인, 축구를 좋아하는 고등학생, 건강이 고민인 할머니 등 누구라도 좋다. 인터넷을 뒤적이며 자료를 모으고, 책을 찾아 읽고, 자기 경험을 떠올리고, 생각을 보태며 나만의 글쓰기를 시작하면 그만이다.

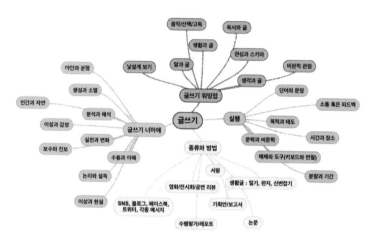

» 이 책을 준비하면서 그린 마인드 맵

읽은 책과 모은 자료, 메모, 밑줄을 늘어놓고 분류해 보자. 하나로 묶어 줄 키워드가 보일 수도 있고, 마인드맵을 그려 머릿속 지도를 만들 수도 있다. 사적인 글쓰기라고 해서 감상과 눈물에 젖은 일기장만을 의미하지는 않는다. 나만의 영역을 만들고 다른 사람과 구별되는 세계를 창조하는 과정이다. 나이와 직업에 무관하게 자기만의 방 한 칸을 마련해 보자. 좋아하는 분야의

사적인 글쓰기

'덕후mania'가 되어 보는 건 어떨까? 글쓰기가 삶의 활력이 되고 삶에 변화를 일으킬 때 우리는 조금 더 행복한 나, 조금 더 나은 세상을 꿈꿀 수 있지 않을까?

책읽기의 마지막이 글쓰기다. 거꾸로 글쓰기는 책읽기에서 출발한다. '무엇'을 쓸지 고민이라면 우선 읽는 일에서 시작하는 것이 좋다. 책을 읽은 사람이 모두 글을 쓰는 건 아니지만, 읽지도 않고 좋은 글을 쓸 수 있는 사람은 드물다. 길가의 똥을 밟지 않기 위해 하이힐이 유행했다는 이야기, 잉글랜드·스코틀랜드·웨일스·북아일랜드 네 팀으로 나누어 월드컵에 참가하는 영국 이야기 등 쓸데없고 잡다한 지식은 물론, 인류의 모든 호기심과 지혜가 축적된 책 속에는 '무엇'을 쓸지 고민할 겨를이 없을 정도로 풍부한 '무엇'이 가득하다.

책을 읽는 동안 떠오른 수많은 질문, 행간에 숨어 있는 감동과 깨달음, 책장 사이에 놓인 갈등과 고민, 책과 책을 타고 넘는 호기심이 내 글쓰기의 시작이었다. 시인도 소설가도 그리고 세상의 수많은 작가도 늘 책을 탐한다. 다른 사람의 글을 읽으면서 배우고 익힌다. 때로는 감동하고 때로는 질투하며 다시 글쓰기에 몰입한다. 당신의 글쓰기가 어떤 목적에서 시작됐든 간에 넓고 깊게 들여다보고 생각하는 시간은 필수다.

이제 '무엇'에 대해 쓰고 싶은지 정했다면 복잡한 생각은 걸어 버리고 지금 당신의 머릿속에 떠오른 그걸 써 보면 어떨까?

'나'도 글을 쓸 능력이 될까?

2007년 1월, 미국 워싱턴 D.C.역에서 야구 모자를 눌러쓰고 허름한 옷을 입은 남자가 바이올린 버스킹을 시작했다. 40분 동안 천여 명의 사람들이 지나갔지만, 1분 이상 귀를 기울인 사람은 일곱 명 정도에 불과했다. 수입은 고작 32달러 남짓. 이 남

» 지하철 역(왼쪽)과 공연장(오른쪽)에서 연주하는 조슈아 벨

자는 17세 나이에 꿈의 무대인 카네기홀에 오른 세계적인 바이올리니스트 조슈아 벨이다. 이날 그는 30억 원이 넘는 명품 바이올린 스트라디바리우스로 최선을 다해 연주했지만 대부분의 사람들은 귀 기울이지 않았다.

시간과 장소의 문제일까? 아니면 우리가 가진 고정관념과 편견 탓일까? 혹시 그동안 사람들은 연주회 티켓 가격과 음악가의 명성에 기대 허영심을 채웠던 건 아닐까? 인간의 비이성적 태도, 불합리한 판단은 심리학이 오랫동안 관심을 가져 온 주제다. 좋은 책, 읽을 만한 글에 대한 당신의 기준은 무엇인가? 혹시 작가의 명성과 책의 판매량으로 판단한 적은 없는가? 이런 편견은 글을 쓰려는 사람에게 불필요한 부담과 압박으로 작용한다. '나'에게 글을 쓸 '능력'이 있는지 묻기 전에 글쓰기에 대한 편견은 없는지 생각해 보자.

글을 쓰기 위해 필요한 능력은 한글을 읽고 쓸 수 있는 정도면 충분하다. 글쓰기는 자기 생각과 감정의 표현이다. 어떤 사람은 타고난 언어 감각을, 또 누군가는 뛰어난 문학적 감수성을 갖고 있다. 하지만 '사적인 글쓰기'라면 소소한 일상을 기록하고 자신을 성찰하며 생각을 정리하는 정도로 시작해도 좋다. 단 한 줄의 명문장을 쓰기 위해 며칠 동안 끙끙거리는 대신 자연스러운 글쓰기를 꾸준히 하는 것이 개성 있는 글을 만든다. '능력'의 문제가 아니라 지속적인 관심과 노력이 관건이다.

독자가 어떤 글을 읽고 누군가를 떠올린다면 그는 성공한 작가다. 자기만의 '스타일'을 가진 작가이기 때문이다. 스마트 기기에 활용되는 지문과 홍채 인증 시스템은 가장 확실하게 사람을 구별하는 방법이다. 필사를 통해 좋은 문장을 익히고 다른 사람의 글을 읽으며 다양한 표현을 배우는 것도 중요하지만 나만의 체취를 담은 글이 우선이다. '능력'보다 개성과 스타일이 더 중요하다.

내가 특별히 좋아하는 일은 무엇이며, 나를 나답게 하는 개성은 어떤 것인가? 한 번 만난 타인도 기억하는 사람, 지리에 밝아 길을 잘 찾는 사람, 같은 이야기라도 더 재밌게 전하는 사람, 유머와 재치가 넘치는 사람, 누구하고나 쉽게 친해지는 사람, 여행 계획을 잘 짜고 늘 놀 궁리 중인 사람, 즉흥적으로 일을 벌이며 추진력이 뛰어난 사람. 당신은 어떤 유형인가? 숫자로 표시되는 학창 시절의 성적과 현재의 직업이 당신이 가진 능력의 전부는 아니다. 특정 분야에 대한 관심, 돈이 안 되는 개인기, 직업으로 삼기 어려운 취미, 남들이 잘 알지 못하는 경험, 심지어 타고난 성격마저도 '능력'이다. 열정도 능력이고 노력도 능력이다. 당신은 살아 온 시간만큼 축적된 능력을 가진, 대체 불가능한 고유한 '개인'이다. 세상에 능력 없는 사람은 없다.

당신의 글쓰기 능력은 학창 시절에 쓴 일기장이나 독후감,

백일장에서 받은 상장이 아니라 세상을 바라보는 '프레임'에서 나온다. 고정 관념과 편견이 가득한 사람이 좋은 글을 쓸 수는 없다. 끊임없이 프레임을 바꾸려는 태도가 좋은 글을 쓸 수 있는 능력이다. 누구나 글을 쓸 수 있지만 아무나 좋은 글을 쓸 수 없다. 좋은 글은 사물과 사람을 낯설게 하고, 새로운 관점으로 세상을 볼 수 있게 한다.

'낯설게 하기'는 고전적 문학 이론이지만 글을 쓰는 사람에게 여전히 필요한 관점이다. 독일의 극작가 베르톨트 브레히트가 주장한 '낯설게 하기'는 낯익은 것들의 새로운 측면을 밝혀 현실을 다시 인식하기 위해 일상적 사물들과 자기 자신을 외부의 시선으로 보는 것을 말한다. 매일 타는 버스와 지하철, 자주 들르는 음식점과 공원 등을 다른 시선으로 바라보자. 거울 속 내 얼굴이 낯설게 보이는 날이 있다. 여기는 어디며 나는 누구인가 하는 생각을 할 때도 있다. 익숙한 것들과 결별하고 남들과 다른 나만의 느낌과 생각을 소중하게 여기자. 그때 비로소 '나는 글을 쓸 능력이 있는가?'라는 질문이 사라지고 다른 누구도 아닌 바로 나만의 글을 쓸 수 있다.

글쓰기 능력에서 맞춤법과 띄어쓰기 같은 문법 규칙을 잘 지키는 일이 전부는 아니다. 글쓰기의 핵심은 내가 가진 고유한 '감각'과 그것을 '인지'하는 방법이다. 남들보다 예민한 감각, 뛰어난 인지 능력을 갖추지 않아도 좋다. 지금 있는 그대로 당신의 감각과 지각을 활용해 보자. 중요한 건 차별화다. 다르게 감각하고 다르게 인지하려는 관심과 열정이면 충분하다.

당신이 글쓰기 능력을 의심하는 이유는 두려움 때문이다. 영화 〈최종병기 활〉에서 역적의 자손이자 조선 최고의 신궁 남이는 화살 하나에 유일한 혈육인 자인의 운명을 맡겨야 하는 상황에 처한다. 팽팽하게 당겨진 활시위, 숨죽인 관객들에게 그의 독백이 들린다. "두려움은 극복하면 그뿐, 바람은 계산하는 것이 아니라 극복하는 것이다." 당신의 능력은 눈에 보이지도 손에 잡히지도 않는다. 숫자로 표시할 수도 없고 무게로 달 수도 없다. 글쓰기에 대한 두려움은 계산하는 것이 아니라 극복하는 것이다.

예전에 네이버 자문위원으로 활동하면서 칼럼을 썼다. A4 1장 분량이었지만 고액의 원고료를 받았다. 첫 원고료의 감동보다 돈 받고 쓰는 글이라는 부담 때문에 며칠 동안 컴퓨터 모니터의 빈 화면만 쳐다봤다. 출판사와 계약을 하고 받은 첫 계약금은 바닥에서 천장까지 책으로 가득 채울 수 있는 붙박이 책장을 마련하는 데 썼다. 그 후 글을 쓰는 목적과 이유 그리고 방법과 태도에 대해 끝없이 반복해서 자문해 왔다. 그리고 나만의 기준을 세웠다. 바로 '나무에 대한 예의'다. 책은 생명이 있는 나무로 만든다. 생명에 대한 예의를 지키자는 생각은 책이 될 만한 가치가 있는 글을 쓰자는 결심으로 이어졌다. 습관처럼 책을 읽고 일기를 쓰듯 서평을 쓰다 보니 쓰는 일 자체에 대한 두려움은 사라졌다. 이제는 능력에 대한 걱정보다 지속적인 관심과 열정이 더 중요하다는 사실을 깨달았다. 아직 갈 길은 멀고 날은 금방 저문다. 그래도 여전히 독자에게 의미 있고 변화를 이끌어 낼 수 있는 글을 쓰고 싶다는 욕망을 버릴 수 없다.

사적인 글을 써서 '평가' 받는 일은 쉽지 않다. 그러나 능력을 점검하고 싶다면 평가가 필요하다. 백일장, 신춘문예, 글쓰기 대회 등 공식적인 경연에 참여하는 것도 좋지만 스스로 자기 글을 평가하는 시간을 갖는 것이 우선이다. 글을 쓰고 나서 감정이 자연스럽게 표현됐는지, 거짓 없이 진솔하게 마음을 드러냈는지, 생각의 흐름을 잘 정리했는지 등을 점검해 보자. 스스로 만족스러운 글이라면 다른 사람도 공감할 만한 글일 가능성이 크다.

학창 시절 선생님에게 들었던 칭찬 혹은 빨간 펜으로 그어진 첨삭의 경험이 글쓰기에 자신감을 줬을 수도 있고 치명적 좌절감을 안겨 줬을 수도 있다. 하지만 사적인 글쓰기는 다른 사람이 아닌 나만의 이야기다. 멋스러운 표현, 매끄러운 문장, 특별한 소재가 아니어도 좋다. 뭉툭한 연필로 삐뚤빼뚤 쓴 초등학생의 솔직하고 기발한 생각이 어른의 글보다 더 큰 웃음과 눈물을 이끌어 내는 이유는 진정성 때문이다.

깜짝 놀랐던 일, 순간적으로 당황했던 경험, 열을 받아 눈물이 핑 돌고 혈압은 오르는데 하고 싶은 말이 정리되지 않아 답답했던 기억을 떠올려 보자. 타인과의 갈등, 조직 내 충돌, 사회적 분노의 순간에 조금 더 냉정하고 차분해져야 한다. 감정의 문제가 아니라 이성적 판단과 결정이 요구되는 순간도 마찬가지다. 머리가 시키는 대로 살 수도 없고, 가슴이 움직이는 대로 살기도 어렵다. 변연계(감정)와 신피질(이성)의 갈등만큼 복잡하고 어려운 문제도 없다. 글을 쓰면서도 마찬가지다. 끊임없이 두 영역이 서로의 머리를 쥐어뜯더라도 도망가지 말자. 엉킨 머리카락을 정리하고 차분하게 글을 쓰면서 주변을 돌아보고 내면의 소리에 귀 기울여야 한다. 즐기는 마음으로 꾸준히 쓰는 사람이 사적인 글쓰기의 주인공이다. 분명 당신은 글을 쓸 수 있는 충분한 능력을 가지고 있다. 지금 당신이 가진 글쓰기에 대한 욕망과 자신감이면 충분하지 않을까.

글쓰기를 '언제' 시작하면 좋을까?

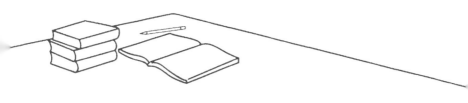

　사라지는 모든 것은 아쉬움을 남긴다. 한번 흘러가면 다시 돌이킬 수 없다며 시간의 일회성에 대해 이야기했던 시인과 철학자 모두 사라졌다. 이 글을 쓰고 있는 나와 읽고 있는 당신도 언젠가 스러진다. 세상 만물이 생성하고 성장하고 소멸하는 과정을 거친다. 모든 인간은 찰나에 불과한 시간 속에서 어떤 의미를 부여한다. 그중 하나가 글쓰기를 통한 자기 존재의 확인이다. 나는 어디서 와서 어디로 가는가? 무엇을 위해 어떻게 살 것인가? 삶에 대한 본질적 질문에서 우리는 평생 자유로울 수 없다.

　현자가 말했다. "이 세상에는 세 가지의 귀중한 금이 있다. 황금, 소금, 지금." 어떤 남자가 이 말에 고개를 끄덕이며 아내에게 문자를 보냈다. 그러자 즉답이 돌아왔다. "현금, 지금, 입금." 현자와 아내가 말한 공통 단어는 '지금'이다. 식상하지만 지금이 아니면 언제란 말인가. '언젠가Someday'라는 요일day은 없다. 지금 당장 쓰면 된다. 그저 노트와 펜 하나만 준비하면 그만이다.

인생은 타이밍이다. '옷깃만 스쳐도 3,000겁劫의 인연'이라는 불교의 시간 개념은 상상을 초월할 정도로 놀랍다. 한 겁은 가로 세로 높이가 15킬로미터인 바위를 100년마다 휜 천으로 닦아 그 돌이 다 닳아 없어질 정도의 시간이니 3,000겁은 거의 무한대에 가깝다. 우리에게 중요한 건 그 긴 시간 속에서 빛나는 찰나다. 사랑을 고백하는 중요한 순간도 있고, 단 한 번의 기회를 위한 기다림의 시간도 있다. 준비된 사람에게 찰나는 영겁의 시간만큼 길지만, 그 찰나를 놓쳐 평생 후회하는 사람도 있다. 역사에 가정법은 없다. 인생도 돌이킬 수 없는 법이다.

그렇다면 글쓰기는 아무 때나 해도 되는 걸까? 그 아무 때는 언제인가? 시작은 빠를수록 좋지만 시작보다 중요한 건 '일관성'과 '지속성'이다. 학창 시절《수학의 정석》을 펼치고 매번 1단원 '집합과 명제'만 풀다가 집어던진 기억이 있는가? 노력과 열정이 실력이라면 성실함도 실력이다. 꾸준히 노력하는 사람을 이길 방법은 별로 없다. 가끔 특별한 능력을 가진 천재를 만나기도 하겠지만 좌절할 필요는 없다. 어차피 우리는 은근과 끈기로 버티는 인생이 아닌가. 당신에겐 당신만의 길이 있다. 가장 중요한 건 페이스 조절이다. 지치지 않고 물 흐르듯 편안하게 뛸 수 있는 최적의 속도로 달려 보자. 어깨에 힘을 빼고.

그다음은 '순간'의 기록이다. 1일, 1주일, 1개월, 1년의 리듬이 다르고 각자의 생활 패턴도 다르다. 직업도, 고향도, 친구도 다르다. 그러니 일률적으로 글쓰기 좋은 시간을 정할 수는 없다. 각자의 감정선에 전류가 흐를 때가 글쓰기 가장 좋은 순간이다. 수첩과 펜을 적절히 활용해도 좋고, 스마트폰 메모장에 틈틈이 기록하는 방법도 좋다. 순간순간 기록해 두면 책상에 앉아 글을 쓸 때도 맨땅에 헤딩하는 기분에서 벗어날 수 있다. 접착식 메모지, 다이어리, 노트 등 이용할 수 있는 도구는 다양하다. 메모하고 기록하는 습관을 가졌다면, 당신은 이미 글쓰기의 절반을 준비한 상태다.

책상에 앉아 펜을 들고 노트를 펴거나 컴퓨터를 켜야만 글을 쓸 수 있다는 생각은 오해다. 사랑에 빠지면 온종일 그 혹은 그녀 생각만 하듯이, 어떤 주제로 글을 쓸 때 나는 머릿속으로 쓰고 지우고 또 쓰고 고친다. 밥을 먹을 때도 길을 걸을 때도 적절한 사례와 관련 분야의 책 내용을 떠올린다. 시작과 끝을 바꿔 보기도 하고 본문의 키워드도 구상한다. 오래 생각할수록 넓이와 깊이가 달라진다. 급히 먹으면 체한다고, 빨리 쓰면 감정의 배설물이 되기 십상이다. 말을 할 때와 달리 글을 쓸 때는 조금 더 호흡을 가다듬을 필요가 있다.

일상생활을 하면서 머릿속으로 글 쓰는 연습을 하면 컴퓨터를 켜자마자 곧바로 자판을 두드릴 수 있다. 펜을 들고 종이에 글을 쓰거나 키보드를 눌러 입력하는 행동은 출력 행위에 불과하다. 출력하기 가장 좋은 시간은 각자 선택의 문제겠지만, 대개 잠자리에 들기 전이 좋다. 고요하고 편안한 시간이기 때문이다. 물론 새벽에 눈을 떠서 맑은 정신으로 잠시 펜을 드는 사람도 있다. 하루의 시작과 끝이 아무래도 글쓰기에 적절한 시간이다. 바쁜 주중을 피해 토요일 밤이나 주말 아침에 써도 좋다. 미리 정해 둔 시간에 규칙적으로 쓰는 행위 자체를 즐기는 것이 좋다. 누구에게나 하루는 24시간이다. 생활 패턴과 직업이 달라도 이 조건은 동일하다. 아무도 당신이 글 쓸 시간을 마련해 주지 않는다. 오로지 당신 몫이다. 시간이 '날 때'가 아니라 시간을 '낼 때' 글을 쓸 수 있다.

사적인 글쓰기의 한 장면을 떠올려 보자. 하루 혹은 일주일이라는 기간을 정해 놓고 사건의 전후 관계, 상황과 맥락을 살피며 글을 쓴다. 책을 읽은 감상을 쓸 수도 있고, 여행 경험이나 공연의 한 장면을 묘사할 수도 있다. 실시간으로 SNS에 사진과 글을 올리는 방법도 괜찮다. 글쓰기는 글을 쓰기 직전까지 겪은 모든 사건을 '과거'로 만든다. 생각과 감정도 마찬가지다. 글을 쓰는 순간 현재는 과거가 된다. 미래를 상상하고 추론하는 경우는 이야기가 좀 다르다. 아무리 사실에 근거했고 합리적으로 분석한 이야기라도 미래에 대한 모든 글은 상상과 추측이다.

인간은 합리적인 존재가 아니라 '합리화'하는 존재다. 이것은 심리학과 뇌과학이 내린 결론이다. 《이솝 우화》에 '여우와 신 포도' 이야기가 나온다. 높은 곳에 달린 포도를 향해 뛰어오르지만 여우는 끝내 포도를 먹지 못한다. 그러고는 덜 익은 포도라서 어차피 먹어 봐야 시고 떫은맛일 거라고 합리화한다. 어차피 갖지 못하는 것을 낮게 평가하고 자기가 가진 것을 높이 평가하는 심리가 자기 합리화다. 이 때문에 자기 생각을 뒷받침하는 정보만 받아들이는 확증 편향, 자기 잘못을 인정하기보다 자신의 결정을 극단적으로 합리화하는 인지 부조화 현상이 발생한다. 글쓰기를 '언제' 시작하는 것이 좋을지 고민하면서, 글 쓸 시간을 마련하는 대신 여러 가지 핑계만 대고 있다면 당신은 《이솝 우화》에 나오는 여우의 친구다.

'문제가 생겼다'라는 말과 '곤경에 처하다/궁지에 몰렸다'라는 말은 구분해서 사용해야 한다. 철학자 아브라함 카플란은 해결 가능한 것을 '문제Problem'로, 할 수 있는 게 없다면 '곤경/궁지Predicament'로 구별했다. 문제가 생기면 해결 방법을 찾아야 한다. 굳은 의지와 최선의 노력이 필요하다. 하지만 곤경에 처하거나 궁지에 몰리면 겸손하게 받아들이고 인내해야 한다. 참고 기다리는 수밖에 도리가 없다. 이 구분을 글쓰기에도 적용해 보자. 데이트를 하다가 애인과 싸우고 돌아와 글을 쓴다면 '문제'를 해결하기 위한 글쓰기다. 자기감정을 확인하고 갈등의 원인과 과정을 성찰하는 글일 테니까. 하지만 교통사고로 죽은 친구를 애도하는 글쓰기는 슬픔을 '수용'하고 '인내'하는 과정이다.

'언제'도 중요하고 '시작'도 중요하지만, 가장 중요한 건 마음의 준비다. 길을 떠날 때, 시험을 준비할 때, 이별을 예감할 때, 당신에겐 마음의 준비가 필요하다. 글쓰기도 다르지 않다. 평소에 생각하고 메모하고 고민하는 시간은 매우 소중하다. 생각을 넓고 깊게 하는 연습이기 때문이다. 겁 없이 일단 시작한 다음 하나씩 필요한 물품을 마련하는 사람이어도 좋고, 에베레스트에 오를 것처럼 철저히 준비하는 사람이어도 좋다. 저마다 성격, 취향, 방법이 다를 뿐이다. 당신은 어느 쪽인가? 어느 쪽이든 간에 바람이 부는 대로 걷고 꽃길을 따라 산책을 즐기듯 쓰면 된다. 글쓰기는 등산이 아니라, 언제든 그렇게 시작할 수 있는 가벼운 산책이다.

글쓰기에 제일 좋은 곳은 '어디'일까?

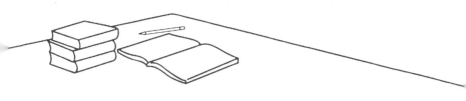

마포 뒷골목 정육점 식당 지하에 《지구 위의 작업실》에 나오는 '줄라이홀'이 있다. 빛과 소리를 완벽하게 차단한 개인적 공간. 누구나 이런 공간을 꿈꾸지만 아무나 가질 순 없을 것 같다. 김갑수는 여기서 음악을 듣고 커피를 마시며 책을 읽는다. 도대체 그 이상 무엇이 필요하냐고 묻는다. 3만 장의 LP판, 진공관 스피커, 핸드 드립 커피, 책과 CD가 30평 넘는 공간에 가득하다.

자유, 그것은 숙명적으로 인간에게 주어진 권리가 아니라 스스로 만들어 가는 삶의 행복이다. '아무것도 하지 않을 수 있는 자유'를 얻는 그날을 위해 우리 모두는 제자리에서 안간힘을 쓴다. 무엇을 향해, 어디로 가는지 알 수 없지만 오늘도 치열하게 하루를 보낸다.

글을 쓰고 싶은
당신에게 던지는 질문들

"암흑과 고요와 단절감만이 팽팽하게 부릅뜨고 있는 공간. 나는 그런 공간을 원했다." 김갑수는 줄라이홀을 만든 이유를 이렇게 고백했다. 누구에게나 이런 공간이 필요하지 않을까? 어린 시절 꿈꾸던 나만의 비밀 공간, 다락방 혹은 아지트처럼. 일상을 벗어나 호젓하게 혼자 즐길 수 있는 공간을 가졌다면 그는 분명 행복한 사람일 테다. '지구 위의 작업실'은 누구나 필요한 비현실적·몽환적 공간의 다른 이름이다.

출판사의 초대로 줄라이홀에 다녀와서 한동안 우울한 기분이었다. 그 무렵 직장 생활 10년차에 접어들었으나 현실 공간에서 나를 찾기는 어려웠다. '언제쯤이면 하고 싶은 것만 할 수 있는 자유와 아무것도 하지 않을 자유를 갖게 될까?' '시간이 해결해 줄까?' '그때쯤이면 노인이 되어 자유가 아니라 허무와 친구가 되어 있는 건 아닐까?' 간절하게, 두려움 없이 살아가고 싶은 욕망 때문에 끄적인 글을 오랜만에 다시 읽는다. 지금 나는 또 다른 욕망과 고민에 사로잡혀 있지만 자발적 가난을 선택한 결과 허무 대신 자유를 즐기고 있다. "사람들은 어떻게 타인과 함께 일을 하고 모임을 이루고 가족을 구성하는 것일까. 다들 그렇게 살고들 있는데 그렇다면 타인과 섞이는 그 순간에 온전한 자아는 증발된 상태라고 보아야 한다. 나로서 충만한 상태라면 단 한 사람의 타자도 수용할 수가 없다."¶ 김갑수의 이 말에 여전히 고개를 끄덕이면서.

。

텅 빈 거실 구석의 탁자, 부드러운 조명 밑의 식탁, 베란다에 놓인 테이블, 발길이 잘 닿지 않는 도서관 개가開架 서고 모퉁이, 한산한 동네 카페의 창밖이 내다보이는 테이블, 버스의 맨 뒤 구석자리…. 생각에 쉽게 잠길 수 있고 글쓰기 좋은 공간들이다. 하지만 이런 물리적 공간이 없어서 글을 쓸 수 없다는 생각은 핑계에 불과하다. 몰입하면 세계가 침묵한다. 지금이 언제든, 그곳이 어디든.

당신에게 가장 중요한 공간은 어디인가? 그곳은 왜 중요한가? 지금 당신의 머릿속에 떠오른 가장 편안하고 안락한 그 장소가 글쓰기에 가장 좋은 장소가 아닐까? 글쓰기를 위한 마지막 점검을 '공간'으로 설정한 이유는 무엇보다 감각적으로 확인할 수 있기 때문이다. 시간과 달리 공간은 물리적 부피를 차지한다. 건축에서 '장소성'은 주어진 장소의 제약에 적응한다는 소극적 개념이 아니다. 주어진 상황을 정확하게 이해하고 그 상황에 맞는 최적의 건축을 이끌어 내는 것이 '장소성'의 핵심이다. 글쓰기도 마찬가지 아닐까. 대부분의 사람에게 글쓰기 적당한 공간은 따로 마련되어 있지 않다. 원목 책상과 편안한 의자, 책꽂이가 가득 찬 서재를 떠올려 보지만 현실은 그런 공간과 거리가 멀다. 그렇다면 지금 생활하는 공간을 이와 비슷하게 꾸미는 것

¶   김갑수, 《지구 위의 작업실》, 푸른숲, 2009.

글을 쓰고 싶은
당신에게 던지는 질문들

» **뮤지엄 산(SAN)** 건축에서는 장소의 특징을 잘 활용하는 것이 중요하다. 산 속의 미술관인 원주 오크밸리 내의 '뮤지엄 산'은 지형과 나무, 배경이 되는 하늘 조차 관람객의 동선과 시선을 고려했다. 장소와 조화를 이룬 미술관은 그 자체로 또 하나의 예술 작품이다.

도 좋은 방법이다. TV를 치우고 작은 그림이라도 걸어 보자. 책 꽂이가 없다면 북엔드를 이용해 책을 몇 권 놓을 수 있는 공간 을 확보해 보자. 공간의 작은 변화가 글쓰기 적당한 분위기를 만 들어 주고, 마음을 차분하게 하며, 나만의 편안한 작업실로 바꿔 준다.

거실 벽면을 붙박이 책장으로 바꾸고 한쪽 구석에 책상을 놓으면서 시작된 나의 작업실은 집 안 구석구석 쌓인 책들 때문에 가족들의 원성을 들으며 조금씩 확장되었다. 그 후 서재를 마련했으나 책을 모두 들일 수 없어 남은 책은 거실과 다른 방에서 눈칫밥을 먹고 있다. 지금은 온통 책으로만 채워진 방에 갇혀 글을 쓰지만, 그 전엔 생활공간 전체가 작업실이라고 생각했다. 어디든 손만 뻗으면 닿는 곳에 밑줄을 그을 수 있는 똑같은 색연필을 놓아 두고 똑같은 독서대를 머리맡, 책상 위, 거실에 비치한 적도 있다.

사랑하는 사람을 만나는 데 시간과 장소가 무슨 상관이랴. 나만의 작업실을 마련할 수 있다면 더할 나위 없겠지만, 글을 쓰는 데 공간은 그리 큰 문제가 되지 않는다. 가장 중요한 것은 심리적 공간과 정신적 공간이다. 글을 쓸 여유와 관심이 먼저다. 머릿속에 '자기만의 방'이 없는 사람은 글을 쓰기 어렵다. 바쁜 일상, 쫓기는 업무, 정신없는 하루하루를 보내면서도 상상의 나래를 펴고 사색할 수 있는 '마음의 방'은 언제든 지을 수 있는 나만의 작업실이다.

버지니아 울프는 《자기만의 방》에서 여성들이 역사에서 보잘것없는 역할만 수행한 이유가 '돈'과 '자기만의 방'이 없었기 때문이라고 말한다. 현실 공간에서 '자기만의 방'을 만들 수 없다고 해서 글을 쓸 수 없는 건 아니다. 천재 작가 제인 오스틴은 자기만의 방을 갖지 못했지만 《오만과 편견》을 비롯해 위대한 소설을 여러 편 썼다. 그녀는 늘 거실에서 글을 썼고, 손님이 오면 작업을 중단하고 자신의 원고를 숨겼다. 방문객을 알리는 경보 장치로 사용하기 위해 삐걱거리는 문에 일부러 기름칠을 하지 않았다. 가족 말고는 그녀가 글을 쓴다는 사실을 아무도 몰랐다. 당시 사람들은 여성이 작가라는 사실을 별로 달갑게 생각하지 않았기 때문이다.

글쓰기가 직업인 사람과 사적인 글쓰기를 하려는 사람의 경우는 조금 다르다. 작업 환경, 글을 쓰는 공간, 필요한 준비, 시간과 노력에 차이가 있다. 사적인 글쓰기에는 시간도 공간도 제약이 없다. 라면 상자를 뒤집어 만든 앉은뱅이책상조차 누추할 이유가 없다. 어디든 가장 편안하게 몰입할 수만 있다면 그곳이 글을 쓰는 최적의 장소다.

내게 중요한 조건은 스탠드다. 간접 조명은 생각의 길을 비추는 더없이 좋은 안내자다. 천장에 매달린 형광등 대신 부드러운 간접 조명을 활용하고, 책상 위에는 LED 대신 노란 불빛이 새어 나오는 작은 스탠드를 켜 보자. 어느새 마음이 차분해지고 조용하게 몰입할 수 있는 분위기가 만들어진다. 주변의 사물이 저마다 말을 건네고 흩어졌던 생각이 모인다. 조명과 음악은 시각과 청각을 통해 글 쓰는 공간의 개성을 만든다. 자기만의 방이든 동굴이든 사적인 글쓰기는 그런 공간과 분위기에서 여물어 간다.

감상에 취해 글을 쓰라는 말이 아니다. 때로는 형식이 내용을 지배한다. 환경과 조건이 글에도 영향을 준다. 아버지가 돌아가신 뒤 쓰시던 방을 작업실로 꾸몄다. 책상과 의자를 들이고 노란 불빛의 스탠드를 올려 두었다. 여러 물품을 갖추지 않고도 얼마든지 머물 수 있는 공간이 되었다. 책으로 가득한 공간이 답답할 때면 도서관이나 카페를 찾는다. 코는 안경 받침대로만 쓸 만큼 후각이 둔하지만, 소리에는 예민한 탓에 이어폰과 헤드셋은 필수다. 가사가 없는 클래식과 재즈의 볼륨 조절만으로도 어디든 나의 작업실로 만들 수 있다. 글쓰기는 큰돈 들이지 않고 간편하게 즐길 수 있는 놀이이며 공간의 제약에서도 자유롭다. 물리적 공간을 넘어 심리적 공간을 확장하면 상상하는 모든 공간에서 글을 쓸 수 있다. 언제든 어디서든 나만의 글쓰기는 가능하다.

2부

나만의 글쓰기를 방해하는 편견들

글을 쓴다고 내 삶이 달라질까?

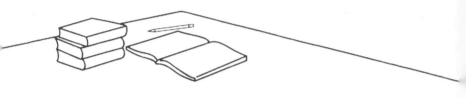

"사는 게 항상 이렇게 힘든가요? 아니면 어릴 때만 그래요?"
"언제나 힘들지."

뤼크 베송 감독의 영화 〈레옹〉을 20여 년 만에 다시 본다. 스팅이 부른 영화 OST 〈셰이프 오브 마이 하트Shape of My Heart〉를 듣다가 생각났기 때문이다. 막상 영화를 보니 내가 기억하던 그 영화가 아니다. 기억 속에서 사라진 장면, 주목하지 않았던 대사가 새롭다. 레옹은 감정 없는 킬러지만 나이만 먹었을 뿐 세상 물정 모르는 어린아이처럼 순수하다. 반면에 어린 소녀 마틸다는 산전수전 다 겪은 애늙은이다. 레옹의 마음은 마틸다와 지내면서 움직이기 시작한다. 단조롭고 냉혹한 킬러의 가슴속에 아끼던 화분만큼 소중한 '사람'이 찾아온 것이다. 사랑을 고백하

사적인 글쓰기

는 마틸다를 달래 보지만 레옹은 이미 자기도 모르는 사이에 다른 존재가 되어 버렸다. 알지 못했던 감정에 눈을 뜨고, 마틸다에게 글을 배워 까막눈을 벗어나자 세상이 달리 보인다.

책을 읽고 글을 쓴다고 해서 천지가 개벽하지는 않는다. 타인과 세상은 언제나 그대로다. 고요한 호수의 표면처럼 바람이 불 때 잠시 일렁일 뿐 물의 모양과 부피는 쉽게 달라지지 않는다. 그러나 작은 물방울이 스미듯 나만의 글쓰기를 이어 가다 보면 어느 순간 양질전환量質轉換의 순간이 온다. 인간과 세상을 바라보는 시선이 달라지고 나만의 관점이 생긴다. 삶의 주인이 되기란 쉽지 않다. 가족과 회사 등 조직 내에서 주어진 역할과 의무에 따르다 보면 변화의 한계에 부딪히기 때문이다. 이 한계에서 벗어나 자신과 마주하는 시간의 기록이 바로 '사적인 글쓰기'다. 그 기록이 모여 커다란 강물을 이루고 둑을 허물어 새로운 물길을 낸다. 보폭을 넓히려는 노력도 좋지만 그보다는 잔걸음을 자주 떼자. 글 쓰는 습관을 들이고 기록하는 연습을 하다 보면 자연스럽게 나만의 글을 쓸 수 있다.

영화 〈레옹〉에서 마틸다가 레옹에게 글을 읽고 쓰는 법을 가르치는 과정은 비중 있게 다루어지지 않는다. 우유를 마시고 운동을 하고 일만 하던 레옹이 '생각'을 하게 되는 계기는 언제였을까. 마틸다를 만나면서부터가 아니라 사물을 새롭게 인식하고 사람을 다른 시선으로 바라보게 된 순간이 아닐까. 읽고 쓰는

나만의 글쓰기를
방해하는 편견들

행위 자체가 놀라운 자기 발견이기 때문이다. 이후 영화에서는 레옹이 자신의 삶을 돌아보고 마틸다라는 타인과의 관계를 생각하며 미래를 준비하는 장면이 이어진다. 생각 없는 존재에서 생각하는 존재로, 더는 이전의 삶으로 돌아갈 수 없는 질적 변화다! "나도 행복해지고 싶어. 잠도 자고, 뿌리도 내릴 거야." 레옹의 이 한마디가 그것을 증명한다. '행복'이란 단어를 사용하고, '잠'을 자고 싶다는 생각을 하며, '뿌리 내리는 삶'을 욕망한다. 놀라운 변화는 이미 레옹의 내부에서 일어나 버렸다.

당신에게도 이런 변화가 필요하지 않을까? 글을 읽고 쓸 수 있지만 레옹처럼 반복적 일상에 매몰되면 한계에 부딪치기 마련이다. 삶의 목표가 사라지고 시야가 좁아져 눈앞의 일만 좇게 된다.

당신은 왜 변화를 열망하는가? 당신은 어떻게 살고 싶은가? 근본적인 질문을 고민하지 않으면 사적인 글쓰기가 일상 탈출이 아니라 힘겨운 부담이 될 수도 있다. 움직임, 변화, 개혁, 전복, 혁명. 우리가 흔히 사용하는 단어는 보이지 않는 나름의 의미와 무게를 갖고 있다. 상황과 맥락에 따라 '다르다'라는 말도 다양한 의미로 쓰인다. **A와 B는 다르다. A가 평소와 다르다. 역시 B는 뭔가 달라.** 당신의 삶이 달라진다는 의미는, 타인과 비교해서가 아니라 글을 쓰기 전의 당신과 이후의 당신이 달라진다는 의미다. 글쓰기가 삶의 목적과 방향의 변화를 이끌 수도 있고 그렇지 않을 수도 있다. 꿈과 희망이 크다고 더 행복한 것은 아니다. "지루한 세상에 불타는 구두를 던져라."¶라는 생각도 좋고 지루한 삶에 활력을 보태고 싶다는 마음도 좋다. "지금 이대로!"라고 외치는 사람이 아니라면 글쓰기를 통해 조금씩 변할 수 있다.

실천과 변화는 순전히 당신에게 맡겨진 과제다. 당신은 자신의 생각과 경험을 쓰는 동안 과거와 현재를 돌아볼 수밖에 없다. 그리고 삶의 주인공은 다른 누구도 아닌 바로 우리 자신이라는 사실을 깨닫는다. 글쓰기는 적극적으로 생각과 행동의 변화를 이끌어 낸다. 변화는 그렇게 찾아온다.

글쓰기를 통해 삶의 변화를 꿈꾼다면 56쪽 그림¶¶을 잠시 들여다보자. 왼쪽에서 출발한 빛은 같은 방향을 향해 나아간다. 그러다 구에 부딪혀 굴절된 빛이 천장에 반사되어 다시 구에 부딪힌다. 한곳에서 출발했으나 이 부딪침으로 빛의 산란 방향은 걷잡을 수 없이 크게 달라진다. 이처럼 미세한 차이가 상상을 초월하는 결과를 불러올 수 있다.

사적인 글쓰기가 구의 역할을 하면서 사소해 보이지만 커다란 변화를 일으킬 수 있다. 글쓰기를 통해 자신을 성찰하고 다른 방식으로 세상을 살아갈 용기와 실천할 힘을 얻을 수도 있다

¶　　신현림, 《지루한 세상에 불타는 구두를 던져라》, 세계사, 1994.
¶¶　나심 니콜라스 탈레브 지음, 차익종 옮김, 《블랙 스완》, 동녘사이언스, 2008.

나만의 글쓰기를
방해하는 편견들

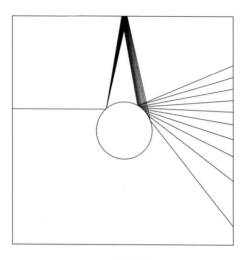

» 빛의 굴절

는 의미다. 적은 분량이라도 꾸준히 나만의 글쓰기를 이어 가야
한다. 작은 변화가 나비효과를 가져온다. 계속해서 쓰다 보면 생
각과 행동이 변하고 삶의 목적과 방향까지 달라질 수 있다. 마치
마틸다를 위해 자기를 희생할 수 있는 사람으로 변한 냉혹한 킬
러 레옹처럼.

글쓰기 실력은 타고나는 걸까?

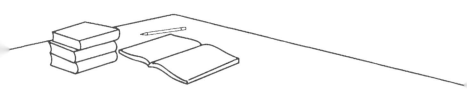

나태주 시인의 〈풀꽃〉에서 **"자세히 보아야 예쁘고 오래 보아야 사랑스럽다."**라는 구절보다 사람들의 마음을 더 움직인 건 **"너도 그렇다."**라는 마지막 말이다. 통제되고 획일화된 체제는 능력을 계량화하고 경쟁을 부추겨 모두가 하나의 목표를 향해 달리게 만든다. 대학 입시를 정점으로 한 학교 교육이 대표적이다. 글쓰기를 처음 시작했던 국어 시간을 떠올려 보자. 내가 쓴 글이 소중하고 나름대로 의미가 있다고 배웠는가? 아니면 수치화된 점수로 평가를 받았는가?

사람을 한 줄로 세워 서열을 정하는 방식은 많은 이에게 열등감을 심어 준다. 학교에서는 '나도 예쁘고 사랑스러운 존재'라는 사실을 가르쳐 주지 않는다. 대부분의 사람이 '글쓰기 자존감'이 낮은 이유는 나만의 글쓰기를 해 본 적이 없어서다. 이들

나만의 글쓰기를
방해하는 편견들

의 머릿속에는 정해진 글쓰기 규칙과 좋은 글에 대한 기준이 각인되어 있다. 글을 쓰는 행위 자체가 즐거운 경험이었다면 글쓰기에 대한 편견이 조금은 줄어들었을 것이다. 저마다의 글쓰기가 소중하고 나름대로 의미가 있다고 배웠다면 지금보다 더 당당하게 글을 쓸 수 있지 않았을까?

《공부가 되는 글쓰기》를 쓴 윌리엄 진서는 범교과적 글쓰기 교육을 주장한다. 글쓰기는 국어 시간에만 가르치는 교과 영역이 아니라는 의미다. 학교에서 맞춤법과 띄어쓰기를 익히고 수사법에 관한 이론을 학습할 수는 있지만, 자신의 감정을 드러내고 생각을 표현하는 글쓰기를 배우기는 어렵다. 어느 날 인류학으로 유명한 인도네시아 대학에 교환 학생으로 간 제자로부터 연락이 왔다. 한 학기 동안 일곱 과목을 수강하는데 써야 하는 리포트가 여덟 개나 된다는 하소연이었다. 한 학기 동안 A4 80쪽 분량의 글을 써야 해서 부담이 이만저만이 아니라고 했다. 평소 경험하지 못한 수업과 평가 방식이었다. 그는 스스로 탐구하며 학습한 뒤 자기 생각과 의견을 글로 써 본 경험이 거의 없었다.

사적인 글쓰기도 이와 다르지 않다. 주체적으로 생각하고 판단한 이야기일수록 좋다. 자기감정에 솔직한 표현과 그것을 객관적으로 바라볼 수 있는 마음의 여유가 중요하다. 여기에 더해 설득력 있게 자기 생각을 전달하는 연습이라고 생각하면 좋겠다. 일상에서 얻은 통찰, 일을 하며 느낀 단상, 공부를 하다가 떠오른 아이디어 등 대상을 바라보는 나만의 관점을 설명하고 묘사하는 과정이 사적인 글쓰기다. 이 과정에서 당신이 느끼는 '두려움'이나 '좌절감'은 학교에서 주입된 것일지도 모른다. 글쓰기 실력은 어차피 타고나는 것이라는 편견이 대표적이다. 하지만 그렇지 않다. 글쓰기는 타고나는 '선천적' 능력이 아니라 꾸준한 연습과 노력의 결과물이다.

'선천적'이라는 말은 어떤 성품이나 능력, 운명 따위를 이미 가지고 태어났다는 의미다. 경험하지 않아도 알 수 있는 진리를 뜻하는 철학 용어 '아프리오리a priori'와 유사하다. 아프리오리는 선험적 능력과 연역적 능력을 선천적으로 타고난 상태를 가리킨다. 글쓰기는 합리적이고 이성적이며 논리적인 사고 훈련을 통해 가장 지적이고 추상적인 세계를 들여다보는 과정을 거친다. 흔히 공적인 글쓰기가 이성과 합리의 영역이고 사적인 글쓰기가 감정과 욕망의 영역이라고 생각하지만, 두 개의 영역이 명확하게 분리된 글은 거의 없다. 어떤 사물과 사건 등 외부 세계에 대해 우리는 온몸으로 반응한다. 이성과 감정의 영역이 동시에 작동한다. 글쓰기는 이를 표현하는 일이다.

사적인 글쓰기에서는 문학적 상상력보다 창의력이 중요하다. '실제로 경험하지 않은 현상이나 사물에 대하여 마음속으로

그려 보는 힘'이 상상력이라면, '새로운 것을 생각해 내는 능력'
이 창의력이다. 사적인 글쓰기는 그중 창조적 사고력의 산물이
라고 할 수 있다. 사물, 대상, 사건을 있는 그대로 묘사하는 일은
기자들의 몫이다. 카메라나 자동차에도 설명서가 있다. 이런 글
들에는 상상력도 창의력도 필요 없다. 우리는 글 쓰는 기술보다
사물을 낯설게 보고 새로움을 발견할 수 있는 창의력에 관심을
가져야 한다. 창의력도 티고나는 게 아니냐고? 그렇지 않다.

　미국의 인지심리학자 스콧 배리 카우프만과 캐롤린 그레고
어는《창의성을 타고나다》에서 창의적인 마음과 성격의 작동 원
리를 깊이 있고 섬세하게 소개한다. 역사적으로 유명한 혁신가
와 예술가 들의 창의적 특성을 심리학과 뇌과학의 연구 결과를
토대로 설명한다. '상상놀이, 열정, 공상, 고독, 직관, 경험에 대
한 개방성, 마음챙김mindfulness, 민감성, 역경을 기회로 바꾸기,
다르게 생각하기'가 고도의 창의성을 발휘하는 사람들에게서 나
타나는 공통적 특징과 성향이다.

　여기서 주목할 요소는 '마음챙김'이다. 지금-여기에 마음을
두고 주변 환경에 민감해져 보라. 평소 놓치던 부분까지 훨씬 많
은 것을 감지할 수 있고 두뇌 활동 네트워크가 풀가동된다. 온몸
에 긴장을 풀고 멍 때리는 시간, 푸른 하늘에서 구름의 변화 바
라보기, 캄캄한 밤하늘에서 별자리 찾기도 창의력에 도움을 준
다. 사람마다 정도의 차이는 있겠지만 창의력은 모든 사람이 갖

고 있다. 사적인 글쓰기에 무슨 창의력이냐고? 남들과 똑같이 습관적인 생각을 하면서 "글쓰기는 타고나는 거야."라고 말한다면 자기변명에 불과하지 않을까.

《한겨레》에 칼럼을 연재할 때 일이다. 어느 날 하얀 편지 봉투가 책상 위에 놓여 있었다. 봉투를 열었더니 내가 쓴 칼럼을 오려 빨간 펜으로 첨삭을 한 우리말 운동가의 편지가 들어 있었다. 얼굴이 화끈거렸다. 1,500자 분량의 주간 연재가 만만치 않던 상황이라 때때로 고치고 다듬을 시간이 없었다는 핑계 따위는 댈 수 없을 정도로 자괴감이 들었다. 조금 더 쉬운 우리말로 고치려는 노력이 부족했고, 관습적인 표현이 넘쳤다.

신문이나 잡지에 글을 쓰면 여러 독자에게 연락을 받는다. 미처 생각지 못한 부분에서 고마움을 전하는 할머니의 전화를 받기도 했고, 글의 내용과 상관없이 소개한 책의 저자를 비난하기 위해 전화하는 사람도 있었다. 하지만 이번엔 문제가 달랐다. 문장과 단어 하나하나를 꼼꼼하게 다듬고, 한자어 대신 우리말을 사용할 수 있는 부분이 정성스럽게 표시되어 있었다. 글은 다듬고 고칠수록 빛나는 법이지만 이렇게 빽빽하게 빨간 펜 첨삭을 받은 건 그때가 처음이자 마지막이었다. 글을 잘 쓴다고 자부한 적도 없었지만 이렇게 쓰면 안 된다고 심한 욕을 먹은 적도 없었으니 한동안 부끄러움과 불편한 마음을 지울 수가 없었

나만의 글쓰기를
방해하는 편견들

다. 그리고 점점 조심스러워졌다. 이 문장에 적절한 단어일까? 좀 더 쉬운 표현은 없을까? 한자어와 추상적 표현이 너무 많지는 않나? 관용적 표현이지만 어법에 어긋나지는 않을까? 끊어 쓸 수 있는데 복문을 쓰고 있는 건 아닐까? 수많은 글쓰기 이론과 문장론이 머릿속을 어지럽혔다.

　누구에게나 처음이 있다. 첫눈, 첫 만남, 첫사랑, 첫 경험…. 글을 쓰는 사람은 매번 그 '첫'을 경험한다. 처음 쓴 글을 '초고'라고 한다. 다듬고 고칠 필요가 없는 글은 없다. 관점에 따라 좋은 글, 명문장의 기준은 다를 수 있으나 마음을 움직이는 글, 지적 충격을 주는 글이 모두 일필휘지로 써 내려간 천재들의 글은 아니다. '글쓰기 실력은 타고나는 걸까?' 하는 편견을 없애기 위해 당신에게 모든 작가의 초고를 보여 줄 수는 없다. 하지만 한 가지는 분명하다. 처음부터 글을 잘 쓴 사람은 없다. 투자한 시간과 노력만큼 성과를 거둘 수 있다는 삶의 평범한 진리를 왜 글쓰기에는 적용하지 않는가. 헤밍웨이의 말대로, 모든 초고는 쓰레기다. 수많은 작가가 책이 나올 때까지 무수히 글을 고치는 모습을 본다면 당신도 글을 쓸 때 조금 더 용기가 생길까? 아무나 쓸 수 있지만 누구나 좋은 글을 쓸 수 없는 비밀이 여기에 숨어 있다. 아직 당신의 글은 '초고'일 뿐이다.

나를 어디까지 드러낼 것인가?

꼿꼿하게 고개를 들고 관객을 응시하는 여성의 눈빛이 도도
하다. 오히려 이쪽에서 그녀의 눈길을 피해 고개를 돌려야 할 것

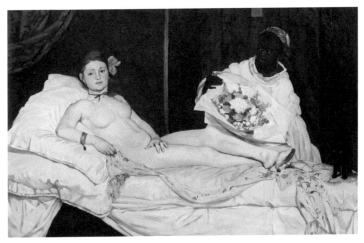

» 올랭피아

나만의 글쓰기를
방해하는 편견들

같다. 부끄러움은 누드를 바라보는 감상자의 몫이다. 이 기념비적인 그림은 사람들에게 큰 충격을 주었다. 에두아르 마네가 〈올랭피아〉를 그린 시대에 여성은 주체가 아니라 객체로 인식되었다. 선택을 받는 수동적 대상의 도발적 태도를 보라. 게다가 이 여성은 신화 속 여신이 아니라 우리와 똑같은 인간이다. 여성의 누드라니! 비너스와 똑같은 자세로 누워 있는 창녀이 눈빛은 수체적 여성의 등장을 알리는 대대적 사건이었다.

혼히 19세기를 이성의 시대라 부른다. 이때부터 신의 말씀이 아니라 합리적이고 과학적인 사고가 세상을 지배하기 시작했다. 상류층 남성들의 유희였던 매춘은 코르티잔courtesan이라는 고급 창녀를 중심으로 이루어졌다. 마네의 〈풀밭 위의 점심 식사〉에 등장하는 옷을 벗은 여성도 코르티잔이다. 이들은 이전 시대의 모델과 달리 표정, 눈빛, 자세에서 당당함을 풍긴다. 추한 알몸도 아니지만 감탄스러울 정도의 기막힌 비율의 몸도 아니다. 자아의 고유성에 대한 자각이 생겼기 때문에 그리 당당할 수 있는 게 아닐까. 벗은 몸에 대한 인식의 변화가 시작된 것이다.

욕망은 감출수록 드러난다. 그것이 관능이든 호기심이든. 사적인 글쓰기는 영혼의 누드화다. 영혼의 옷을 벗는 일은 누구에게나 부끄럽고 두려운 일이다. 〈올랭피아〉처럼 당당하고 자신 있게 정면을 응시하지 않는다면, 글쓰기를 부끄럽고 사소한 행위로 여기기 쉽다.

"전쟁은 평화, 자유는 굴종, 무식은 힘." 조지 오웰의 《1984》에서 이 모순된 구호는 미래 사회를 지배하는 키워드였다. '빅브라더'로 불리는 절대 권력은 집안과 거리에 설치한 '텔레스크린'을 통해 한순간도 감시 체제를 벗어날 수 없게 만든다. 지금 우리의 현실은 어떨까? 교통카드 사용 내역을 보면 당신의 동선을 알아낼 수 있고, 스마트폰과 신용카드 사용 내역으로 당신의 취향, 성격, 행동 패턴까지 예측할 수 있다.

한쪽에서는 '개인정보보호법'의 강력한 시행을 촉구하고, 지구 저편에서는 사생활 보호를 위해 '익명화'와 '잊힐 권리'에 대한 법제화 논의가 활발하다. 현대 사회에서 자신을 드러내고 감추는 일은 개인의 선택과 노력만으로 해결되지 않을 때가 많다. 당신은 어디까지 자신을 드러낼 수 있는가? 드러내고 싶은가 아니면 감추고 싶은가?

글을 쓰는 사람은 누구나 자기 검열에서 자유로울 수 없다. 시와 소설 같은 문학 작품도 작가의 실제 경험에서 완전히 자유롭지 않다. 직·간접 체험이 작품에 영향을 미치고 사적인 영역이 작품에서 드러나게 마련이다. 하물며 사적인 글쓰기는 말할 필요도 없다. 불특정 다수를 향한 공적인 글쓰기가 아니라고 항변할 수 있으나, 각종 SNS를 매개로 개인적 경험과 생각을 고스란히 드러내는 행위가 일상이 된 지 오래다. 사진 한 장, 자기소개 한 줄에 내 정체성이 담겨 있다. 사적인 글쓰기는 여기서 한

나만의 글쓰기를
방해하는 편견들

발 더 나아간다. 먹고 마시고 보고 듣고 만나고 체험하고 생각한 모든 것에 내가 담겨 있다.

솔직한 글이 좋은 글이다. 자기 생각과 감정에 충실한 글이 좋은 글일 가능성이 높다. 그러나 있는 그대로 모든 걸 드러내는 방법이 과연 최선일까? 때로는 감춤의 미학이 노골적인 드러냄보다 생각의 여지를 주고 더 긴 여운을 남긴다. '정직'에 대한 편견을 글쓰기에 잘못 적용하면 사생활 노출에 불과한 글이 나올 수도 있다.

이를 두 가지 측면에서 살펴보자. 첫째는 튀고 싶은 욕망이다. 보고 듣고 먹고 마시고 입는 등 일상적 행위에서 특별해 보이려는 마음이다. 이들은 남들과 다르다는 스놉 효과를 즐긴다. 고고한 백로처럼 남들과 차별화되고 싶은 욕망이다. 둘째는 숨기고 싶은 욕망이다. '자기표현의 두려움'이 여기서 비롯된다. '내 생각은 별로 특별하지 않다.' '남들과 비슷한 그저 그런 일상을 보낸다.' '특별히 내세울 것이 없다.' 자신을 숨기고 싶은 사람들이 많이 갖고 있는 생각들이다. 유행을 쉽게 따라가고 대체로 군중 속에 묻혀 지내고 싶어 한다.

이 두 가지 욕망은 상충한다. 글을 쓰는 사람은 대체로 이 두 가지 욕망 사이에서 갈등을 겪는다. 글을 쓰는 도구와 매체, 글을 읽는 독자에 따라 다르겠지만 글쓰기의 핵심은 경험과 생각의 '일반화' 과정에 있다. 사적인 경험을 토로한 글이 '공감'을 얻을 수는 있으나 모두 '감동'을 주지는 않는다. 드러내고 감추는 일은 외설과 예술의 경계처럼 모호하지만, 드러냄과 감춤의 기술을 적절히 활용하면 공감과 감동을 동시에 불러일으키는 글이 된다.

자기 경험과 생각을 쓰는 일이 사적인 글쓰기의 전부는 아니다. 사회 이슈와 정치 견해, 예술에 대한 취향과 맛집 정보도 사적인 글쓰기의 대상이 될 수 있다. 다만 글을 쓰는 과정에서 공정하고 객관적인 사실만 전달한다면 사적인 글쓰기가 아니라 지식백과나 위키트리에 정보를 제공하는 일과 다를 바 없다. 대부분의 글에서는 쓰는 사람 나름의 생각과 감정이 묻어나고, 그것은 개인의 경험과 사유의 결과로 빚어진다.

자신을 드러내고 감추는 기준과 한계는 글의 내용과 형식에 따라 결정하면 된다. 지나친 자기 검열은 자기표현의 두려움으로 이어지고 글쓰기의 확장을 방해할 수 있다. 드러냄을 '일반화' 할 수 있다면 그것은 개인적 경험을 넘어 더 많은 이에게 공감을 받을 것이다. 보편성과 특수성이 조화를 이루고 적절한 비율로 섞일 때 그 글이 빛을 발한다. 드러냄과 감춤의 변증법은 결국 상황과 맥락에 따라, 개성에 따라 달라질 수 있는 문제다.

존 레논을 저격한 마크 데이비드 채프먼이 체포 당시 들고 있던 책으로 유명한 《호밀밭의 파수꾼》은 전 세계에서 사랑받는 작품이다. 작가 제롬 데이비드 샐린저는 철저한 은둔형 인간이었다. 2010년에 죽을 때까지 극단적으로 신변 노출을 꺼렸다. 《향수》의 작가 파트리크 쥐스킨트나 《여름의 흐름》으로 아쿠타가와상을 받은 마루야마 겐지도 은둔형 작가다. 가수는 노래로 말하고, 배우는 연기로 말하며, 작가는 글로 말한다. 나만의 글을 쓰고 싶다면 본질적 자아를 드러내고 그와 당당하게 마주하는 용기가 필요하지 않을까. 나는 나고, 너는 너다.

"영어는 알몸naked과 누드nude를 정밀하게 구별한다. 알몸이 된다는 것은 우리의 옷을 벗어 버리는 것으로, 이 단어는 대개의 사람들이라면 그런 상태에서 느끼는 약간의 당혹감을 함축하고 있다. 반면에 누드란 단어는 교양 있게 사용하면 별로 듣기 거북한 느낌을 주지 않는다."¶라는 케네스 클라크의 말은 드러냄과 감춤의 미학을 잘 설명한다. 옷을 벗은 상태를 표현하는 두 개의 말, 알몸과 누드는 전혀 다른 뉘앙스로 우리에게 다가온다. '눈에는 보이지 않지만 예술의 옷을 걸친 상태'가 누드다. 같은 몸이지만 알몸이 될 수도 있고 누드가 될 수도 있다.

당신의 생각과 감정도 마찬가지다. 글을 쓰면서 절망과 고통 속에서 자기검열의 두려움을 느낀다면 반대로 허위의식과 나

¶ 케네스 클라크 지음, 이재호 옮김, 《누드의 미술사》, 열화당, 2002.

르시시즘에 빠져 사회적 인정투쟁에 골몰하는 모습을 한번 상상해 보라. 서로 반대편에 서 있는 것처럼 보이는 두 사람은 사실한 몸이다. 알몸과 누드의 차이처럼, 내 안의 다양한 면면이 조화를 이룰 때 드러냄과 감춤의 변증법은 글쓰기에 힘과 용기를 줄 것이다.

글쓰기 좋은 성격이 따로 있을까?

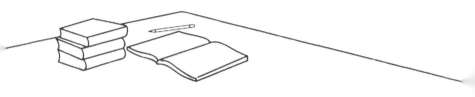

처음 운전한 날을 잊을 수가 없다. 스무 살 무렵, 운전 면허증을 손에 쥐고 새벽까지 기다렸다가 아버지가 잠든 사이 안방에서 자동차 열쇠를 몰래 들고 나왔다. 아버지가 차를 빌려줄 리 없었기 때문에 운전해 보고 싶다는 말도 꺼내지 않았다. 떨리는 마음으로 시동을 걸고 텅 빈 아파트 단지 주변 도로를 몇 바퀴 돌았다. 식은땀을 흘리며 원래 자리에 겨우 주차를 하고 흐뭇하게 잠자리에 들었다. 그날부터 나의 밤 운전은 계속됐고, 자신감이 생긴 나는 한남대교를 건너 남산 순환 도로까지 올라가 서울의 야경을 즐겼다. 그러던 어느 날 원래 자리와 다른 곳에 주차를 하면서 결국 들통이 났지만 혼자만의 시간, 차 안에 울려 퍼지던 음악, 원하는 곳 어디든 갈 수 있다는 생각에 운전할 때마다 가슴이 두근거렸다.

사적인 글쓰기

태생적으로 말이 없고 내성적인 나는 남의 주목을 받거나 앞에 나서는 일을 싫어했다. 내향성 '우울질' 성향은 쉽게 바뀌지 않는다. 여러 사람 앞에서 강의를 하면서 조금씩 달라지긴 했지만 내 몸에 맞지 않는 옷을 입은 것처럼 어색할 때가 많다. 나처럼 타인과의 돈독한 관계를 힘겨워 하고 사회성이 부족한 내향성은 삶의 에너지가 안쪽을 향하는 성향인 반면, 외향성은 삶의 에너지가 바깥쪽을 향하는 성향이다. 내성적인 사람들은 혼자 조용히 생각할 때 에너지를 얻고 타인과 상호작용할 때는 에너지를 소비한다. 외향적인 사람들은 정반대로 타인과 상호작용할 때 에너지를 얻고 혼자서 조용히 생각할 때 에너지를 소비한다.¶ 모든 사람은 두 가지 성향을 다 가지고 있지만 어느 한쪽이 더 강할 뿐이다. 당신은 어떤 사람인가?

　　가족이나 친구뿐 아니라 사회관계에서도 외향적인 사람이 돋보인다. 목소리가 크고 앞에 잘 나서는 사람의 의견대로 처리되는 일이 많기 때문이다. 직장만이 아니라 동호회나 사적 모임에 가도 그렇다. 현대 사회에서 외향성은 내향성보다 긍정적인 평가를 얻는다. 정복하고 건설하고 사들이고 발전하는 데 적극적이고 능동적인 태도가 아무래도 유리하기 때문이다. 글을 쓸

¶　　로리 헬고 지음, 임소연 옮김, 《은근한 매력》, 흐름출판, 2009.

나만의 글쓰기를
방해하는 편견들

때 자신을 솔직하게 드러내는 데 주저하지 않고 타인의 평가에 위축되지 않는다는 장점도 있다.

반면에 내향적인 사람은 자유를 추구하며 다양성을 중시하고 개인주의를 꿈꾼다. 이런 태도는 민주주의 사회에서 매력적인 가치임에도 불구하고 때로 조직 안에서 적응이 힘들다. 집단적 사고, 대화와 소통에 능동적으로 참여하지 못하기 때문이다. 반면 신중하게 자신의 생각을 정리해서 말하는 편이기 때문에 다른 사람들이 의미 있게 받아들이기도 한다. 혼자서 문제를 해결하는 데 능숙한 면도 있다. 사색을 즐기며 혼자만의 시간을 좋아하기 때문에 글쓰기에 두려움이 적고 지속적이고 일관성 있게 실천하는 장점이 있다.

내향적인 정신분석학자 칼 구스타브 융에 따르면, 내향성과 외향성은 한 사람 안에 들어 있는 두 개의 상반된 힘이다. 이 점을 처음으로 분석한 융은 내향성을 '주관적인 심리에 초점을 맞추는 삶의 성향'으로, 외향성을 '외부 대상에 관심을 집중하는 삶의 성향'으로 정의했다. 당신은 어느 쪽 성향이 더 강한가? 내향성이든 외향성이든 관심의 대상이 다를 뿐이다. 짜장면과 짬뽕처럼 취향과 선택의 문제일 수도 있다. 글의 내용과 형식에 차이가 있을 수 있겠지만 나만의 글을 쓰는 데는 어느 성향이든 상관이 없다. 그럼 이제 당신의 성격을 조금 더 들여다보자.

누구나 한 번쯤 심리 테스트 또는 성격 테스트를 해 봤을 것이다. MBTIMyers-Briggs Type Indicator는 마이어스와 브릭스가 융의 심리유형론을 토대로 고안한 성격유형 검사다. 네 가지 기준에 따라 검사를 해서 열여섯 가지 심리유형 중 하나로 분류한다. MBTI 테스트를 해 보니 나는 INTJ-T(용의주도한 전략가형)이었다. 애니어그램¶에 따르면 '관찰자, 사색가'인 유형 5의 성향이 강하고, DISC¶¶는 C(conscientiousness, 신중형)에 해당한다. 타인이 나를 보는 면과 내가 알고 있는 내면의 자신이 다를 수도 있다. 이런 테스트들은 그 간극을 확인하는 방법으로 유용하다. 수많은 질문에 하나씩 답을 하며 자신의 성격을 분석해 보자.

내면에 집중하는 사람이 글쓰기에 더 유리할 것 같지만, 외향적인 사람이 쓰고 싶은 욕망을 실천하는 데 더 유리할 수도 있다. 어느 쪽이 글쓰기에 더 적합하다고 단정할 수는 없다. 시나 소설을 쓰는 작가 중에는 고독한 예술가 유형이 많다. 하지만 사적인 글쓰기는 활달한 외향성도 차분한 내향성도 나름의 특성과 개성을 살릴 수 있다. 내면의 감정과 외부의 사건 모두 글쓰기의 소재가 될 수 있기 때문이다. 상상과 공상을 즐기는

¶　애니어(ennear, 아홉)와 그라모스(grammos, 그림)가 합쳐진 말로, 아홉 가지 성격 유형을 표시한 기하학적 도형이다.

¶¶　콜롬비아 대학 심리학과 윌리엄 매스턴 교수가 분류한 네 가지 성격 유형이다. 이 분류에 따르면 인간은 환경의 영향을 받으면서 D(Dominance, 주도형), I(Influence, 사교형), S(Steadiness, 안정형), C(Conscientiousness, 신중형)로 구분된다.

나만의 글쓰기를
방해하는 편견들

사람도, 남다른 관찰력과 준비성을 가진 사람도 모두 괜찮다. 지금 하고 있는 일, 어제 만난 사람, 준비 중인 프로젝트, 주말에 본 영화, 친구와 다녀온 전시회 등 무엇이든 상관없다. 나의 성향과 기질에 맞게 대상을 이해하고 분석하고 경험한 결과를 쓰면 된다.

같은 책을 읽어도 사람마다 반응이 다르다. 공연과 여행도 마찬가지다. 배경지식과 취향에 따라 다르게 보고 다르게 듣고 다르게 느낀다. 내향적이면서 분석적인 사람과 외향적이면서 도전적인 사람이 다녀온 제주도는 다르다. 서귀포에서 푸른 바다를 가르며 서핑을 즐긴 사람과 거문오름 용암길을 걷고 온 사람에게 제주도는 같은 섬이 아니다. 부끄러움을 잘 타고 소심한 사람이 쓰는 글과 활달하고 넉살 좋은 사람이 쓴 글은 다르다. 성격에 따라 서로 다른 풍경에 감탄하며, 느낌과 감동에도 차이가 있다. 그 성격과 기질에 맞는 글을 쓰면 그만이다. 글쓰기에 어울리는 사람이 따로 있다는 편견, 책상에 앉아 있는 걸 싫어해서 글쓰기에 맞지 않다는 고정관념은 어리석다. 나만의 경험, 나만의 관점, 나만의 느낌, 나만의 생각이 글을 쓰게 할 뿐이다. 성격에 따라 빛깔과 향기를 더하면 개성 있고 유일무이한 나만의 글이 만들어진다.

사람들 사이에 섬이 있다

그 섬에 가고 싶다

– 정현종, 〈섬〉

정현종의 두 줄짜리 시 〈섬〉은 울림이 크다. 중국 전설에 등장하는 약수弱水처럼 사람과 사람 사이에도 건널 수 없는 강이 흐른다. 더없이 친밀한 관계인 가족, 연인, 친구 사이도 마찬가지다. 그 강에 놓인 다리가 인간의 언어다. 말과 글은 섬과 섬 사이를 이어 준다. 내가 메시지를 보내고 건너편 섬에서 오는 신호를 받는 일이 대화이며 글쓰기다. 일기, 문자, 이메일, 편지 등이 그렇다. 나 자신에게 집중하며 쓴 글은 타인에게도 공감을 얻는다.

글쓰기를 처음 시작할 때는 오로지 자신에게 집중하는 것이 좋다. 나만의 시간을 갖고 나만의 글쓰기 방법을 찾아야 한다. 가족이 모르는 나, 연인이 모르는 나, 친구가 모르는 나는 누구인가? 내가 아는 나와 타인이 아는 나는 조금 다르다. 성격 유형 검사로도 나오지 않는 내가 있다. 혼자가 편한 사람, 군중 속에서도 고독을 느끼는 사람, 독고다이형인 사람만이 글쓰기에 더 어울리거나 글을 더 잘 쓰는 건 아니다.

MBTI, 애니어그램, DISC를 종합하면 나는 '통찰력 있고, 창의적으로 종합하며, 개념적이고, 지속적인 사고자 유형'으로 분류된다. 명확하고 간결하며 이성적이고 객관적인 분석을 좋아한다. 또한 외부 세계에 냉정하고 단호하게 대응한다. 관찰과 사색을 좋아하며 신중한 편이다. 이런 성향을 뒤집어 보면 고립되고 무뚝뚝하며 독단적이고 타협하지 못한다. 논리적이고 체계적으로 사고하지만 타인의 감정을 잘 헤아리지 못한다. 자기만의 세계에 빠지기 쉽고 주기적으로 우울과 불면에 시달린다. 나는 따뜻하고 부드러운 글보다 논리적이고 분석적인 글을 좋아한다. 같은 일을 겪어도 인과 과정을 따지고 문제점을 잘 찾는 편이다. 이런 성격은 내 글쓰기에도 그대로 반영된다.

　　빛이 있으면 그늘이 생기는 것처럼 어떤 성격이 더 좋다고 할 수 없다. 같은 사람을 봐도 타인의 눈에는 각각 다른 사람으로 비칠 수도 있다. 이 세상에 좋은 면만 가진 사람은 없다. 어떤 성격이 글쓰기에 더 맞는다고 할 수도 없다. 각자의 선택과 열정과 노력에 따라 결과는 얼마든지 달라질 수 있다. 글쓰기를 하며 성향을 '탓' 하지 말고 성향의 '덕'을 기대하지도 말라.

책을 읽지 않고도 잘 쓸 수 있을까?

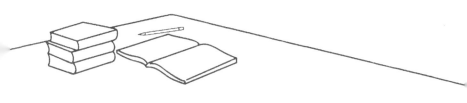

2013년 4월, 어느 기업의 임원이 비행기 안에서 라면이 제대로 익지 않았다며 들고 있던 잡지로 승무원의 얼굴을 때렸다. '라면 상무'라는 별명이 붙은 그 임원은 사건 직후 사표를 냈다. 하늘에선 땅에서보다 기압이 낮아 비등점沸騰點도 낮아진다. 그렇다 보니 라면 물의 온도가 평소 땅에서 먹던 것보다 낮아지는 게 당연하다. 에베레스트 정상에서 비등점은 71℃이며, 한라산 정상에서는 약 95℃에서 물이 끓는다. 그 안에 무엇을 넣었는지, 고도와 기압이 어느 정도냐에 따라 물이 끓는 온도가 달라진다.

물이 공기처럼 가벼워져 날아오르는 순간의 온도가 비등점이다. 물의 온도가 점점 상승하다 마침내 기화 현상이 벌어지는 질적 변화의 순간이다. 라면을 끓일 때, 스프를 미리 넣는 사람이 있고 물이 끓으면 면과 함께 스프를 넣는 사람이 있다. 같은

나만의 글쓰기를
방해하는 편견들

라면인데도 맛이 다를까? 순수한 물은 1기압에서 100℃에 끓지만, 스프를 먼저 넣으면 비등점이 높아지기 때문에 더 뜨거운 국물에서 짧은 시간에 면을 익혀야 탱탱한 면발을 유지할 수 있다. 비등점의 온도가 라면의 맛을 좌우한다.

　라면 하나 끓이는 데도 나름의 노하우가 있는데, 살아가는 방식이야 말해 무엇하랴. 당신 삶의 비등점은 언제였는가? 수학의 변곡점에 해당하는 이 순간을 위해 사람들은 밤잠을 설치며 공부하고 시험을 준비하며 성공하고자 최선을 다한다. 어느 순간 물이 공기가 되어 하늘로 날아오르는 상상을 하면서. 하지만 사람은 날 수 없다. 단번에 인생을 역전시키고 영원한 행복을 거머쥐기도 어렵다. 우리가 할 수 있는 일은 질적 변화를 위한 부단한 '가열' 뿐이다. 끓지 않는다고 포기하면 라면을 먹을 수 없다. 낮은 온도라도 지속적으로 가열하다 보면 언젠가 끓기 마련이다. 가열하지 않으면 냄비는 금방 식는다. 우주 빅뱅의 순간도 온도와 밀도가 높아진 초기 우주가 급격히 팽창하며 에너지가 폭발한 결과가 아니었는가!

　글쓰기 빅뱅은 가능할까? 예전 선비들은 글공부를 10년쯤 하면 문리文理가 트인다고 말했다. 글쓰기를 10년쯤 꾸준히 하면 저절로 글쓰기 빅뱅의 순간이 올 수도 있다. 그러니 따지고 보면 세상의 모든 글쓰기 책은 그저 아주 작은 힘을 보태는 지게 작대

사적인 글쓰기

기에 불과할지도 모른다. 하지만 느린 발걸음으로 뚜벅뚜벅 걷다 보면 시나브로 더 나은 글을 쓰게 된다.

글쓰기에 탄력을 붙이고 터보 엔진을 달아 주는 가장 좋은 방법이 책읽기다. 굳이 난이도를 따지자면 글쓰기보다 책읽기가 좀 더 수월하다. 써지지 않을 때는 일단 읽어 보라. 남들은 어떻게 쓰는지, 무엇을 썼는지, 왜 썼는지 말이다. 시인은 태어나지만 작가는 만들어진다. 글을 쓰는 사람에게 책은 종이와 연필, 컴퓨터보다 더 절실한 창작 도구다. 어떤 책을 읽는지, 무슨 생각을 하는지에 따라 지금 쓰는 글의 내용과 형식이 달라질 수 있기 때문이다. 책을 고를 때는 현재의 관심사에서 시작하는 편이 좋다. 하는 일, 호기심을 가진 대상과 관련된 책부터 읽어 보자. 글쓰기의 영감을 얻을 수도 있고, 밑줄을 긋고 메모를 적으며 자료를 쌓을 수도 있다. 좋은 문장과 표현, 글의 구성과 아이디어도 참고할 수 있다.

나는 책을 쓸 때 고개를 돌리면 시선이 마주치는 책상 옆 책꽂이 한 줄을 비운다. 그러고는 그 자리에 참고 도서를 모아 꽂아 둔다. 지금까지 읽은 책들을 모아 두면 책들끼리 서로 대화를 나누는 느낌이다. 책등에 적힌 제목을 보며 내용을 떠올리고 차례와 내용을 살펴보기도 한다. 잘 써지지 않을 때는 키워드 검색으로 칼럼이나 기사를 찾아 읽는다. 신간을 찾아 읽으면서 최근 트렌드를 파악하려고 노력한다. 이 책도 그렇게 썼다. 책장을 뒤

적이니 글쓰기 책만 40여 권이었다. 한 줄에 꽂아두고 순서대로 차례와 구성을 다시 확인하며 편집자와 기획회의를 수차례 거쳤다. 내가 쓰고 싶은 이야기와 구상도 중요하지만 비슷한 책을 또 쓸 필요는 없기 때문이다. 나만의 이야기가 있어 이 책을 쓸 수 있었듯, 당신에게도 분명 당신만의 이야기가 있다.

장자의 친구 혜시는 오거지서五車之書, 즉 다섯 수레에 가득 실을 만큼 장서가 많았다고 한다. 여기서 유래한 '남아수독오거서男兒須讀五車書'라는 말은 우리에게 책읽기의 중요성을 강조하는 여전히 유용한 충고가 아닐까. 굳이 글쓰기 비법이나 책읽기와 글쓰기의 상관관계에 대해 고민하지 않아도 꾸준히 책을 읽고 글을 쓰는 사람은 이 말에 조용히 고개를 끄덕일 것이다. 이미 책 속에서 길을 찾고 그 길을 따라 산책을 즐기며 나만의 글쓰기를 하고 있을 테니 말이다. 장자가 살던 시대에 다섯 수레의 책을 읽었다면, 세상에 있는 거의 모든 지식을 섭렵했다는 의미다. 오로지 상상력과 감수성만으로 승부할 것 같은 시인과 소설가도 끊임없이 책을 읽고 꾸준히 공부한다. 우리는 휘영청 달이 밝은 밤, 술 한 잔 마시다 영감이 떠오를 때 일필휘지로 시를 썼다는 이태백이 아니니 말이다.

책읽기는 단순히 지식과 정보의 양을 늘리는 데만 필요하지 않다. 글을 쓰는 사람에게 다양한 관점을 갖게 하고 풍부한 자료를 제공하기도 한다. 또한 책을 읽는 동안 샘솟는 무한한 호기심과 상상은 글쓰기에도 큰 영감을 준다. 같은 책을 읽어도 다른 생각과 반응이 나타나기 때문에 나만의 고유한 빛깔을 낼 수 있다.

책을 읽지 않는 사람이 글을 잘 쓰는 일이 불가능하지는 않지만, 글의 내용과 깊이에서 차이가 있다. 동일한 사물과 사건에 대해 사람들은 다르게 반응한다. 그것을 나만의 방식으로 어떻게 표현할 것인가? 인간과 사회, 자연과 우주를 달리 보고 싶다면 꾸준한 책읽기가 도움이 된다. 익숙하고 편안한 글도 좋지만 좀 더 숙성된 맛을 내는 글을 쓰고 싶다면 꾸준히 책읽기를 추천한다. 아는 만큼 대상이 달리 보인다. 글에 깊이를 더하고 싶다면 단순한 지식보다 내면화된 자기 생각이 필요하다. 이렇게 성찰하고 사색하는 과정을 거쳐야 자연스럽게 당신의 글이 깊은 맛을 낼 수 있지 않을까?

타고난 글재주가 있는 사람은 책을 읽지 않아도, 오래 생각하지 않아도, 깊은 고민을 하지 않아도 좋은 글을 쓸 수 있다는 생각은 편견이다. 어쩌다 우연히 마음을 움직이는 글을 쓸 수는 있겠으나 그것이 지속적으로 이어지기는 어렵다. 요행을 바라는 마음으로 잔재주를 부려 좋은 글을 쓰려는 생각은 버리는 것이 좋다. 단기간에 글을 잘 쓸 수 있는 비법은 없다. 방법과 요령도 중요하지만, 글쓰기는 많은 시간과 노력이 필요한 분야다. 오래 생각하고 꾸준히 관심을 갖는 사람이 깊은 감동을 주는 글을 쓸 수 있다.

공부에 왕도가 없듯 글쓰기에도 지름길은 없다. 수많은 글쓰기 책이 나름의 비법을 전수한다지만 무림의 고수들도 자기 경험과 시간을 팔지는 못한다. 그것은 오로지 당신 혼자 밟아 가야 하는 과정이다. 당신의 취향과 목적에 맞는 책을 골라 읽고, 필요한 부분을 메모하고 밑줄 치며 고민하고, 다른 견해를 수용하면서 좋은 글을 쓸 수 있는 힘이 길러진다. 글쓰기 근육은 약을 먹는 것만으로 키울 수 없다. 안타깝게도 책을 읽지 않고 글을 잘 쓰기는 어렵다. 읽는 사람 중 일부가 글을 쓰지만 쓰는 사람은 모두 읽는 사람이다.

글쓰기는 작가만 하는 일일까?

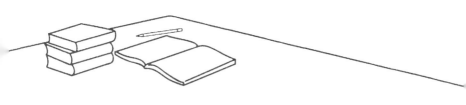

가을 하늘만큼 파란 텐트를 치고 헥사타프를 팽팽하게 당겨 줄을 묶는다. 탁자 위에 작은 블루투스 스피커를 올려놓으면 그만이다. 의자에 기대어 흘러가는 구름을 멍하니 바라보거나 개울물 흐르는 소리를 듣는다. 가끔 바람이 불어서 좋고 비 온 뒤 짙은 풀 냄새도 좋다. 비가 오는 날은 텐트에 떨어지는 빗소리와 물방울이 색다른 분위기를 만든다. 책을 몇 쪽 읽다가 스르르 잠이 든다면 더할 나위 없다. 밤하늘에 별을 올려보다가 타닥타닥 불꽃이 튀며 타오르는 모닥불을 멍하니 바라본다. 더 바랄 게 없다. 캠핑은 내 영혼을 풀어놓는 시간이다. 일상에 쉼표를 찍고 적극적으로 아무것도 하지 않으려는 노력이다.

나는 소박한 캠핑이 좋다. 봄과 가을엔 작은 텐트와 헥사타

프 하나 그리고 최소한의 장비를 트렁크에 싣고 다닌다. 내게 최고의 캠핑장은 방문객이 적은 곳이다. 단체 야영 같은 캠핑은 의미가 없기 때문이다. 만약 시인이나 소설가가 캠핑을 소재로 글을 쓴다면 어떨까? 보통 사람들이 캠핑을 시작한 이유, 캠핑 장비의 특징, 같이 간 사람들, 캠핑장 분위기, 음식과 모닥불 등에 대해 쓴다면, 그들은 캠핑장 주변을 살피고 자연환경을 관찰하거나 사람들과 나눈 이야기를 픽션으로 재구성할 것이다. 캠핑 체험을 매개로 인간관계를 돌아보고 미래를 고민하는 글을 쓸 수도 있다.

사적인 글쓰기가 곧 '에세이'라고 오해하기 쉽다. 에세이는 문학의 한 갈래지만 허구fiction와 가상imagine의 세계가 아니라 현실reality에 바탕을 둔 실제 세계를 다룬다. 이것이 에세이가 시나 소설과 다른 점이다. 사적인 글쓰기는 현실에 두 발을 딛고 있다는 점에서 에세이와 공통점이 있다. 하지만 그 범위는 사적인 글쓰기가 훨씬 넓다.

사적인 글쓰기는 내용 면에서 두 가지로 나눌 수 있다. 먼저 일상생활, 주변 사람, 여행 등 지극히 사적인 영역의 이야기를 쓰는 것이다. 두 번째는 사회적 사건, 정치 뉴스, 경제 상황, 문화 트렌드 등 공적인 영역의 이야기를 쓰는 것이다. 어느 쪽이든 사적인 글쓰기의 대상이 될 수 있다. 대상에 대해 주관적 생각과 감정을 쓰면 사적인 글이 된다. 이것이 발표 매체에 따라 공공성과 책무를 띠고 일반 대중에게 영향을 미치면 공적인 글이 된다. 물론 이 두 개의 영역은 구분이 모호할 때도 많다. 예를 들어 정치인이나 연예인이 자신의 SNS에 올린 글이 그렇다.

글쓰기가 작가만의 일이라는 편견, 문학적 재능이 있어야만 글을 쓸 수 있다는 편견은 접어 두자. 사적인 글쓰기는 거의 모든 갈래를 포괄하며 어떤 형식에도 구애받지 않는다. 자유로운 생각과 느낌으로 지금 당장 시작할 용기가 필요할 뿐이다. 글을 쓰는 데 필요한 건 재능이 아니라 머릿속 가득한 편견을 버리는 일이다. 글쓰기는 아무나 할 수 없다는 생각, 타고난 재능이 필요하다는 생각, 기초부터 배워야 쓸 수 있다는 생각은 떨쳐 내고 가볍고 사소한 나만의 이야기를 써 보자.

봄 산에 피는 꽃들, 녹음이 우거진 여름의 매미 소리, 가을의 푸른 하늘과 석양, 겨울밤의 쏟아지는 별빛을 보기 위해 캠핑을 하는 사람은 세속적인 도시와 상반되는 자연 속에서 자기 삶의 이면을 본다. 어떤 사람은 잠시 일상을 벗어나 불편함을 감수한 힐링의 시간이었다고 말하고, 또 어떤 사람은 날씨와 장소에 따라 캠핑 장비를 철저히 준비해 즐거운 활동을 하고 왔다고 말한다. 캠퍼의 성격과 취향에 따라 같은 장소에서도 전혀 다른 경험을 한다.

캠핑을 할 때 장소, 날씨, 지형, 계절에 따라 준비물이 달라지듯 글을 쓰는 목적과 방법에 따라 그 준비도 다르다. 글쓰기는 작가가 직업으로 하는 일만 가리키는 건 아니다. 글을 써서 대가를 얻는 사람에게 글쓰기는 '일'이지만, 당신은 즐거운 '놀이'처럼 글쓰기를 시작할 수 있다. 잘 쓰려고 애쓴 글보다 어깨에 힘을 뺀 글이 빛나는 경우가 많다. 자연스러운 글이 억지로 꾸민 글보다 읽기도 편하고 감동도 크다. 영혼을 충만하게 하는 글쓰기, 변화를 꿈꾸는 글쓰기, 일상을 기록하는 글쓰기, 편안한 수다 같은 글쓰기가 당신에게 필요한 글쓰기 아닐까?

나만의 시선으로 대상을 바라보고 분류하고 관찰하고 정리하는 과정이 지극히 사적이면서 개성적인 글쓰기의 시작이다. 문학적 상상력보다 창조적 사고력을 바탕으로 쓰는 글이라는 점이 사적인 글쓰기의 가장 큰 매력 아닐까. 대상과 분야를 가리지 않는 자유로운 글쓰기는 내 삶에 영향을 미치고 나를 변화시킨다. 취미, 시험 준비, 연애, 수집, 여행 등 무슨 이야기든 좋다. 정보를 모아 정리하고 선택하고 결정하는 과정을 즐기면 된다. 갈등, 한숨, 두근거림, 눈물, 망설임, 좌절, 행복의 순간이 모두 당신만의 소중한 글쓰기 대상이 아닐까?

수업 시간에 교과서가 아닌 소설 책을 읽다가 선생님에게 얻어맞기도 하고, 시 쓴다고 폼 잡지 말라며 친구들에게 비웃음을 샀다는 소설가 윤대녕은 "오직 글 쓰고 책 읽는 동안만 행복했어요."라고 말했다. 작가들은 숙명처럼 어떤 통과 의례를 거친다고 한다. 그것은 재능에 대한 자기검열과 글 쓰는 삶에 대한 회의다. 사적인 글을 쓰는 우리도 다르지 않다. 글쓰기를 꼭 직업으로 삼지 않더라도 글을 쓰는 동안 즐겁게 몰입할 수 있다면 그걸로 충분하지 않을까?

사람들은 늘 변화를 꿈꾸지만 좀처럼 용기를 내지 못한다. 당신이 현재에 만족한다면 글쓰기가 필요 없을지도 모른다. 꿈이 없는 아르바이트 노동자, 사랑에 실패한 소녀, 미래가 불안한 회사원, 반복되는 일상이 지루한 중년 아저씨, 인생에 회한이 남은 할머니도 희망을 이야기한다. 처음부터 전문가로 태어나는 사람은 없다. 사소한 행복이나 미래의 꿈을 담아 글을 쓰는 일은 어렵지 않다. 과거를 돌아보고 현재를 기록하고 자신을 성찰하면 그것이 바로 글쓰기다. 호기심 어린 눈으로 타인을 관찰하고, 사회 변화, 경제 체제, 권력 이동에 관심을 갖는 일 또한 글쓰기다. 세상의 중심에 서 있는 내 안의 생각과 감정이 글쓰기다.

크게 심호흡을 하고 생각해 보자. 당신은 어떤 글을 쓰고 싶은가? 누군가에게 하고 싶었던 말, 고통스러운 마음의 소리, 세상을 향한 비명도 괜찮다. 감정 배출부터 시작해도 좋다. 짝사랑하던 그녀에게 못다 한 말, 뚜껑이 열려 조목조목 따지지 못했던 일, 뉴스를 보면서 기막혔던 감정을 적어도 좋다. 탄탄한 구성,

논리적 근거, 이성적이고 차분한 태도로 어떤 문제에 접근하는 글을 쓸 수도 있다. 시인이나 소설가처럼 기막힌 문장을 쓰려는 욕심을 덜어 내면 사적인 글쓰기는 언제든 즐길 수 있는 놀이와 같다.

시를 읽다가 가슴이 먹먹해지고 소설을 읽다가 눈물이 핑돌 때가 있다. 글이 주는 감동과 내 경험이 합쳐져 마음이 요동치기 때문이다. 같은 책을 읽어도 사람마다 다른 장면에서 울고 웃는다. 당신이 쓰는 글도 때로는 분노를 토하고, 때로는 멋진 풍경을 묘사하며, 때로는 맛있는 음식에 대한 감탄을 표현한다. 또 한편으로는 좋은 옷을 싸게 고르는 법을 설명하고, 정부 정책을 비판하며 자기주장을 내세우기도 한다. 작가가 아니라도 누구나 숨을 쉬듯 글을 쓰며 산다. 시와 소설이 아니면 어떤가. 이제 당신이 쓸 차례다.

글쓰기는 우아한 정신노동일까?

여인의 표정을 보라. 우아한
표정과 고상한 분위기를 연출하
는 피에르 오귀스트 르누아르의
〈책 읽는 소녀〉나 장 오노레 프라
고나르의 〈책 읽는 소녀〉처럼 평
화롭고 아름다운 모습이 아니다.
어떤 놀라운 비밀이 책에 숨겨져
있기에 이렇게 놀랐을까? 부릅뜬
눈과 쩍 벌어진 입을 보니 여인

》 사로잡힌 독자

이 들고 있는 책 내용이 궁금해서 참을 수 없을 지경이다. 르네
마그리트의 〈사로잡힌 독자〉는 독서의 본질을 꿰뚫는다. 대체로
독서는 목이 늘어진 티셔츠와 파자마를 입은 채 뒹굴며 오로지

나만의 글쓰기를
방해하는 편견들

혼자만의 세계에 몰입하는 이기적 경험이다. 책은 정수리에 찬 물을 들이붓는 것처럼 깜짝 놀랄 만한 정신적 충격을 준다.

글쓰기는 독서보다 적극적이고 능동적인 행위다. 맑은 정신과 고도의 집중력은 독서뿐만 아니라 글쓰기에도 필요하다. 텍스트를 받아들이고 편안히 즐기는 독서에 익숙한 사람에게 글쓰기는 육체노동에 가깝다. 온몸의 세포와 근육을 움직이며 땀 흘리고 탈진할 때까지 집중해야 하는 작업이기 때문이다. 매일 써야 할 원고 분량을 정해 놓고 일정 시간 작업을 하는 작가가 아니라도 마찬가지다. 인간의 정신과 육체는 서로 분리될 수 없다. 독서와 글쓰기 모두 건강한 신체가 뒷받침되어야 가능한 활동이다. 글쓰기에도 체력이 필요하다. 글쓰기가 우아한 정신노동이라는 편견은 글쓰기의 노동 강도를 과소평가해서 생긴 오해다.

데카르트는 인간을 정신과 육체의 결합체라고 봤다. 플라톤은 인간의 정신과 육체의 결합을 배와 선원에 비유했다. 독립적인 선원이 배에 탄 것처럼 독립적인 정신이 육체 안에 깃들어 있다고 본 것이다. 그러나 데카르트는 정신과 육체의 결합이 플라톤의 생각보다 더 긴밀하다고 봤다. 배가 부서져도 선원이 고통스럽지는 않지만 육체에 상처를 입으면 정신은 고통을 느낀다. 또한 생각(정신)에 따라 육체의 움직임이 달라지는 것은 너무나 분명한 사실이다. 우리의 정신과 육체는 서로 상응하는 관계로 배와 선원의 관계보다 더 밀접하게 결합되어 있다.

지치고 힘든 하루를 보내면 만사가 귀찮고 피곤하다. 신체적 에너지가 소진된 상태에서 억지로 글을 쓸 수는 없다. 먹고 자는 일이 우선이다. 글쓰기는 건강하고 활기찬 상태가 아니면 불가능한 활동이다. 정신만 집중한다고 가능하지도 않고, 컨디션이 좋다고 저절로 써지지도 않는다. 고도의 집중력을 발휘할 수 있는 신체 조건을 갖춰야 비로소 글쓰기가 가능하다.

그렇다면 바쁜 일상에 쫓기는 사람은 글을 쓸 수 없을까? 늘 여유 있고 생기 넘치는 사람만 글을 쓸 수 있다는 말인가? 사적인 글쓰기는 직장인, 자영업자, 주부, 대학생 등 모두가 할 수 있는 일이다. 누구나 열심히 산다. 많은 사람이 시간이 없다는 말을 입에 달고 산다. 하지만 사적인 글쓰기를 잘만 활용한다면 일상에서 활력과 자신감을 얻을 수도 있다.

흔히 '정신노동'이라고 하면 아이큐가 높고 머리 회전이 빠른 사람들이 하는 일이라고 생각한다. 글쓰기가 보통 사람과 거리가 먼 정신노동이라는 편견을 갖게 만드는 이유다. 하지만 사적인 글쓰기는 나만의 세계를 만드는 행위로, 개인적 경험과 생각을 표현하는 고된 육체노동이다. 생각이 바뀌면 행동이 바뀌고 습관이 바뀌며 운명이 바뀐다. 그러나 거꾸로 신체의 변화가 생각을 바꾸기도 한다. 그러므로 달리고 또 달리는 소설가 무라카미 하루키나 김연수처럼 육체 단련을 통해 새로운 생각을 끌어올리는 일이 우선이다. 닭이 먼저냐 달걀이 먼저냐를 따지듯

나만의 글쓰기를
방해하는 편견들

정신과 육체 중 어느 쪽이 더 중요하다고는 말하기 어렵다. 하지만 글쓰기가 우아한 정신노동이 아니라는 사실은 확실하다.

스물 셋 의대생 체 게바라가 '포데로사'라는 이름의 낡고 오래된 모터사이클을 타고 친구 알베르토와 남미 대륙 횡단 여행을 떠난다. 4개월 동안 800킬로미터를 가로지르는 대장정은 계획대로 되지 않는다. 그들은 우연히 들른 아메리카 최대 나환자촌 산빠블로에 머물며 환자를 돌본다. 여행을 끝낸 뒤 두 사람은 서로 다른 길을 간다. 그 후 8년이 지나 알베르토는 혁명에 성공한 체 게바라의 초청을 받고 쿠바로 간다.

영화 〈모터사이클 다이어리〉는 20세기 혁명의 아이콘 체 게바라가 거듭나는 과정을 보여 준다. 영화의 마지막에 "난… 더 이상 내가 아니다. 과거의 나와 같은 난 없다."라는 인상적 대사가 나온다. 당신은 세상을 바꿀 수 없다. 세상이 변하는 게 아니라 언제나 사람이 변하기 때문이다. 세상을 바꾸려 하지 말고 내가 달라져야 한다. 체 게바라는 길 위에서 새로운 세상을 꿈꾸고, 평범한 의사의 길 대신 희망과 혁명의 길을 걷는다. 아픈 몸을 고쳐 주는 대신 인류의 병든 영혼을 고치기 위해 혁명 전선에 뛰어든 것이다. 거창하고 위대한 목표가 아니라도 좋다. 글쓰기를 통해 내 몸과 마음을 조금씩 바꿔 보면 어떨까.

나의 '생각'은 신체 조건에 따라 달라진다. 몸의 변화에 따라 사물과 사람이 다르게 느껴지고 생각이 바뀐다. 의사로 살 수 있었던 체 게바라는 천식으로 평생 고생하면서도 길 위에서 새로운 세상을 만났다. 글쓰기는 감았던 눈을 뜨는 여행이다. 글을 쓰면 사람과 세상을 새롭게 보는 눈이 생긴다. 글쓰기는 우아하고 품위 있는 유희가 아니라 오히려 거칠고 험한 세상을 온몸으로 체험하는 과정이다.

나는 거의 매일 달린다. 무한 반복되는 트레드밀 위에서 개처럼 달린다. 생각을 멈추고 넘어지지 않기 위해 속도를 맞추는 데 집중한다. 온몸의 모든 세포가 살아나 숨 쉴 때까지 뛰고 또 뛴다. 흠뻑 땀을 흘린 뒤 몸을 움직여 근육에 힘을 보탠다. 글 쓰는 몸을 만들지 않으면 생각할 힘도 의욕도 생기지 않는다. 자유의지에 따라 움직일 수 있는 몸이야말로 글쓰기의 전제 조건이다. 머리로 쓴 글은 오래가지 않는다. 읽는 사람에게 감동을 주기도 어렵다.

김수영은 《시여, 침을 뱉어라》에서 다음과 같이 말한다. "다음 시를 쓰기 위해서는 여지까지의 시에 대한 사변을 모조리 파산을 시켜야 한다. 혹은 파산을 시켰다고 생각해야 한다. 말을 바꾸어 하자면, 시작詩作은 '머리'로 하는 것이 아니고, '심장'으로 하는 것도 아니고 '몸'으로 하는 것이다. '온몸'으로 밀고 나가는 것이다. 정확하게 말하자면 온몸으로 동시에 밀고 나가는 것이다." 여기서 '시작'을 글쓰기로 바꾸어 보자. 글쓰기는 우아한 정신노동이 아니라 '온몸으로 밀고 나가는 것이다.'

온몸으로 글을 쓸 때 사적인 글쓰기는 존재를 자각하는 도구가 된다. 감정의 배설구가 아니라 삶의 바로미터, 변화의 촉매제 역할을 한다. 한 문장씩 또박또박 자기 삶을 써 내려가는 과정이 사적인 글쓰다. 그것은 타인의 인정으로부터 자유로우며, 내 안에 있는 무언가를 끌어내려는 몸부림이다. 9회 말 풀 카운트에서 혼신의 힘을 다해 던지는 투수의 마지막 공처럼, 때로는 온몸으로 간절하게 글을 써 보자.

글쓰기에 특별한 준비가 필요할까?

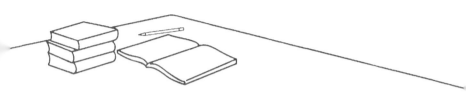

　1986년 1월 28일, 카운트다운이 끝나고 일곱 명을 태운 우주 왕복선 챌린저호가 발사되던 순간이 생생하다. 하늘을 향해 힘차게 출발한 챌린저호는 73초 만에 공중에서 폭발했다. 대통령조사위원회는 "오른쪽 고체 연료 로켓 이음새 부분에서 누출을 막아 주는 강화 고무 오링O-ring이 추운 날씨로 인해 갈라져 제 기능을 못했기 때문"이라고 사고 원인을 밝혔다. 발사 전 이미 문제를 발견한 기술자가 있었으나 그의 발사 중지 의견은 미국항공우주국NASA 관료들에게 무시됐다. 고무링 하나 때문에 벌어진 결과는 참혹했다.

　첨단 과학기술의 결정체인 우주 비행선은 수십만 개의 부품이 조화를 이루어 만들어진다. 부품이 작다고 하찮은 역할을 하는 건 아니다. 준비가 소홀하면 전체를 망치고 예상치 못한 결과를 초래하기도 한다. 국가와 기업 같은 거대 조직만이 아니라 우리의 일상사도 마찬가지다.

어떤 일을 준비할 때 사람마다 다른 모습을 보인다. 가족이나 친구와 함께 여행 준비를 해 보면 그 사람의 특성이 그대로 드러난다. 숙소는 물론 여행 코스와 식당까지 철저하게 조사하고 예약하는 사람도 있고, 발길 닿는 대로 움직이며 즉흥적 판단으로 자유롭게 다니는 사람도 있다. 편안하고 안락한 여행을 선호하는 사람도 있고, 도전과 모험을 즐기는 사람도 있다. 어떤 경우든 최소한의 준비는 필요하다. 유비무환有備無患은 소심하고 예민한 사람들의 전유물이 아니다. 한 치의 오차도 허용하지 않는 완벽주의형 인간은 자신뿐 아니라 주변 사람까지 피곤하게 할 수 있지만, 반대로 어떻게든 될 거라는 대책 없는 무대포형은 더 위험하다.

'중용中庸의 도'는 글을 쓰는 사람에게 반드시 필요한 태도다. 넘치지도 부족하지도 않은 사전 준비가 좋은 글을 쓰기 위한 전제 조건이다. 동네 뒷산에 오르면서 등산화에 고어텍스로 중무장할 필요는 없지만, 지리산 천왕봉에 오르면서 슬리퍼를 신고 뒷짐 지고 출발할 수도 없는 노릇이다. 날씨, 지형, 시간 등을 고려해 산행 준비를 해야 하지만, 그보다 더 중요한 것은 나의 건강 상태와 산행 능력이다. 글쓰기를 할 때도 글을 쓰는 목적, 대상, 방법뿐 아니라 내 배경지식과 감정 상태, 컨디션을 점검할

사적인 글쓰기

필요가 있다. 글쓰기에는 정신과 육체가 모두 동원된다. 그러므로 내적 조건과 외적 조건이 적절히 조화를 이루어야 한다. 글을 쓸 준비가 되었는지 확인하려면 쓰고 싶은 '글'에 대한 준비와 글을 쓰는 '사람'의 상태를 함께 점검해야 한다.

서평을 쓰기 전 나는 같은 책을 읽은 다른 사람의 글을 읽지 않는다. 이들의 글을 읽다 보면 지나치게 개성을 추구하는 스놉 효과나 유행을 따르려는 밴드왜건 효과가 생겨나 나만의 글을 쓰는 데 방해가 되기 때문이다. 물론 책의 시대적 배경과 사회적 맥락을 검색하고 관련 도서를 참고하긴 한다. 관련 자료를 얼마나 조사했는지에 따라 처음 쓰려던 글의 내용과 방향이 달라질 수도 있다.

목적과 방향을 정하지 않고 마음 내키는 대로 쓰는 방법이 틀렸다고 할 수는 없다. 어느 쪽이든 자신의 성향에 따른 선택일 뿐이다. 준비한 만큼 좋은 결과가 나오지만 예외도 많다. 인생은 마음먹은 대로 살 수 없다. 설계 도면대로 건축을 하는 일도 쉽지 않은데, 인생을 어찌 계획대로 살 수 있을까. 글쓰기 또한 쓰는 도중에 생각이 바뀌고 결론이 달라지기도 한다. 글을 쓰는 목적과 방법, 형식과 내용에 따라 치밀한 준비가 필요할 때가 있는가 하면, 별 준비 없이 그냥 시작할 수도 있다.

'변화에 대한 욕망'도 사전 준비에 들어간다. 사람들은 오늘과 다른 내일, 현재와 다른 미래를 꿈꾼다. '지금 이대로!'를 외친다면 글쓰기가 무슨 소용이 있겠는가. 관습적 사고와 행동은 글쓰기의 최대 적이다. 익숙한 것들과 결별하려는 마음이야말로 글쓰기에 가장 중요한 준비물이다. 강릉 경포대 해변에서 보는 바다와 백두대간 선자령에서 내려다보는 바다는 같은 동해 바다지만 전혀 다른 느낌이다. 변화는 '프레임frame을 리프레임reframe 하는 일'이다. 글쓰기는 이러한 변화의 시작이며 다르게 보는 즐거움이다.

　편안하고 자연스러운 일상을 기록하면서 글쓰기를 시작할 수도 있다. 누적된 시간의 기록과 글을 쓰는 과정이 당신을 변화시킨다. 즐겁고 재밌는 놀이로 여기고 글쓰기를 시작했더라도, 꾸준히 하다 보면 자연스럽게 생각이 바뀌고 삶이 달라진다. 내가 바뀌면 세상이 달리 보인다. 변화의 시작은 보잘것없지만, 그 결과는 짐작할 수 없을 만큼 위대하다.

　장 지오노의《나무를 심은 사람》에서 주인공 부피에는 한평생 황무지에 나무를 심고 가꿔 온 늙은 양치기다. 한 그루의 나무가 황무지를 바꿔 놓을 수는 없다. 도토리나무, 자작나무 한 그루 한 그루가 모여 숲이 된다. 그 숲은 메말랐던 샘에 물이 넘치게 하고, 건강한 남자와 여자, 시골 축제를 즐길 줄 아는 소년과 소녀가 사는 마을을 만든다. 부피에는 세상을 바꾼 위대한 영웅이 아니다. 그저 묵묵히 자기 길을 걸어간 사람이다. 그렇지만 그의 작은 실천이 쌓여 큰 변화를 만들었다.

멀고 긴 인생길에서 주체적으로 자기 삶을 가꾸는 사람을 만나기는 쉽지 않다. 부표에처럼 살고 싶지 않은가? 자신을 희생하고 타인을 위해 살라는 뜻이 아니다. 글쓰기는 잠시 앉아 쉬어 가는 의자와 같다. 힘이 들 때 위로와 격려가 된다. 때로는 준비만 하다가 시작할 타이밍을 놓칠 수도 있다. 또 때로는 준비 없이 시작했다가 금세 포기하고 절망하는 순간도 있다. 흔들리지 않고 피는 꽃이 어디 있으랴. 그렇게 흔들리고 부대끼며 한 걸음씩 나아가는 일이 글쓰기요, 삶이라는 거대한 운명이 아닐까.

지금까지 언급한 내적·외적 조건과 준비는 시작에 불과하다. 먼 여행을 준비하는 사람은 성급하게 굴지 않는다. 물론 때로는 준비 없이 길을 나서는 용기도 필요하다. 자유롭고 편안하게 지금 이 순간 쓰고 싶은 걸 써도 좋다. 글쓰기는 그리 고급스러운 취미도, 교양 있는 사람들의 놀이도 아니다. 글쓰기에 어찌 정답이 있겠는가.

글쓰기에 필요한 자기 점검을 마치고, 글쓰기에 대한 편견을 버렸다면, 이제 실천하는 용기가 필요하다. 천천히 그러나 꾸준히 글쓰기를 시작할 때다. 두려움도 희망도 없이.

나만의 글쓰기를
방해하는 편견들

3부

사적인 글쓰기를 시작하는 당신에게

나만의 글쓰기 비법을 만들려면?

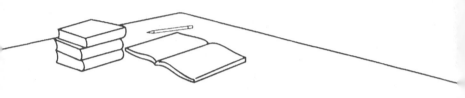

나는 낯선 건물에 들어가면 화장실의 위치를 가늠하는 버릇이 있다. 먼저 건물의 크기와 구조, 계단과 엘리베이터의 위치를 살핀다. 공간을 효율적으로 활용하고 사람들의 동선을 고려할 때 최적의 화장실 위치가 어디일지 추측해 본다. 건축을 전공한 것도, 인테리어에 관심이 있는 것도 아니지만 건물 전체를 이해하는 나만의 놀이를 즐긴다. 퍼즐처럼 복잡한 건물일수록 더욱 재밌다. 이런 '생각놀이'가 글쓰기에 얼마나 도움을 주는지 알 수 없으나 적어도 내가 세상을 다르게 인식하는 방법 중 하나임에는 틀림없다.

타임머신을 타고 100년 뒤 미래로 가 보자. 지금 내가 사는 집은 낡아서 쓰러지기 직전이다. 벽지는 누렇게 변했고 가구는 삭았다. 콘크리트 벽도 푸석푸석하고 배관은 녹슬어 이끼가 꼈다. 등이 굽은 나는 주름과 흰머리가 가득하다. 아이들은 다 자라 어른이 되었고, 부모님은 이미 한 줌 흙으로 변했다. 허물어진 집터에 새집이 지어졌고, 재건축을 한 동네는 알아볼 수 없을 만큼 달라졌다. 길가에는 무인 자동차가 돌아다니고 인간운전금지법이 통과됐다. 100년 전 지도와 비교하면 땅의 형태와 강의 흐름만 겨우 알아볼 정도다. 자료 사진으로 남아 있는 거리와 사람들의 모습은 우스꽝스럽다.

이제 100년 전 과거로 가 보자. 1910년대의 모습이 낯설지만, 100년 뒤에 이 시대를 돌아봐도 마찬가지일 것 같다. 현재는 잠시 스쳐 지나가는 찰나에 불과하다. 시간 여행을 하다 보면 오늘 겪은 일들, 내일 부딪혀야 할 일들 모두 부질없다. "Panta Rhei." 만물萬物은 유전流轉한다. 굳이 타임머신을 타지 않아도 앨범 속 어린 시절, 오래된 기억 창고를 뒤적이면 삶의 속도가 실감난다. 그렇다. 인간은 시간 속에 잠시 머물 뿐이며, 역사는 그 순간의 선택적 기록에 불과하다.

글을 쓰려는 사람은 기록하려는 사람이다. 보고 듣고 관찰한 것이든, 자기감정과 생각이든. 기록이 기억을 지배한다. 글쓰기는 기록하려는 개인적 욕망에서 비롯되며, 그 욕망의 모양과 빛깔은 제각각이다.

글쓰기를 처음 시작하는 사람도 나만의 비법을 원한다. 남

사적인 글쓰기를
시작하는 당신에게

의 글을 필사하고 모방하는 것은 나만의 스타일을 갖기 위한 과정일 뿐이다. 사적인 글쓰기에서는 '기성복'이 아니라 '맞춤복'처럼 내 몸에 꼭 맞는 스타일을 찾는 것이 중요하다. 앞에서 설명한 시간 여행은 하나의 사물, 내가 관계 맺은 사람을 추체험追體驗할 수 있는 좋은 방법이다.

시간 여행에는 상상과 공상이 주는 즐거움이 있다. 생각을 비틀고 시간과 공간을 넘나드는 일은 글쓰기에 필요한 몸풀기다. 헬스장에 도착하자마자 운동 기구에 달려들면 다치기 쉽다. 스트레칭이 모든 운동의 기본인 것처럼, 본격적으로 글을 쓰기 전에 먼저 딱딱한 생각의 근육을 풀어 주는 것이 좋다. 일상생활을 하면서 우리는 시시때때로 나만의 공상을 즐긴다. 비현실적이고 불가능한 꿈을 꾸는 일을 포기하지 말자. 그것이 글쓰기에 활력과 재미를 불어넣는다. 있는 그대로의 현실을 담아낼 수도 있지만, 보이지 않는 감정과 생각을 드러내면 글이 더욱 풍성해진다. 지나간 일에 대한 아쉬움과 추억뿐 아니라 다가올 미래를 준비하고 예측하는 일도 사적인 글쓰기에서는 중요하다.

영화평론가 정성일은 영화를 재밌게 보고 싶다면 "스크린 밖 1인치를 상상하며 보라."라고 제안한다. 화면에 담지 못한 공간과 배우의 몸짓을 상상하면 다른 사람이 보지 못한 장면을 즐길 수 있다. TV 화면으로만 축구 경기를 본 사람은 실제 경기장에서 관람한 사람의 즐거움을 모른다. 카메라는 공을 잡은 선수 중심으로만 따라간다. 환상적인 드리블과 개인기, 패스 미스, 몸싸움, 슈팅까지 자세히 볼 수 있지만 골이 들어가는 순간에 같은 편 골키퍼의 세리머니는 볼 수 없다. 22명이 오케스트라처럼 조화를 이루는 전체의 움직임을 한눈에 담을 수도 없다. 관중의 함성과 열기가 선수들에게 어떻게 전해지는지도 알 수 없다. 평면을 입체로 환원하고 상상하며 몰입하는 즐거움은 영화나 스포츠 경기뿐 아니라 글쓰기에도 그대로 적용할 수 있다.

평면을 입체로 상상하고 과거나 미래로 시간 여행을 즐기다 보면 전혀 다른 세상이 보인다. 같은 책을 읽고 같은 영화를 봐도 사람마다 감상이 다른 이유가 단순히 배경지식과 취향의 차이 때문만은 아니다. 서로 다른 관점, 시선의 각도가 결정적 차이를 만든다. 나만의 글쓰기 비법은 기막힌 표현이나 화려한 수사법을 의미하지 않는다. 시공간을 넘나들며 사물과 인간을 비틀어 보고 뒤집어 생각하고 재배열하는 데는 특별한 시간과 비용이 들지 않는다. 이는 언제든 틈틈이 즐길 수 있는 놀이에 가깝다.

여행을 다녀와서 글을 쓸 때, 보고 듣고 느낀 점을 적는 일반적 방식에서 벗어나 보자. 그렇다고 무조건 특이하게 쓴다고 좋은 글이 되진 않는다. 어디에 가든 무엇을 보든 나만의 글쓰기 비법이 있다면 개성적인 글을 쓸 수 있다. 장소와 음식을 빼고 여행기를 적어 보면 어떨까? 사진이 없는 여행기는 불가능할까? 함께한 사람들의 이야기만 써 보는 것도 좋지 않을까? 당신만의 글쓰기 비법은 자신의 생각과 감정을 드러내는 나름의 방식이어야 한다.

영화 〈퐁네프의 연인들〉에서 알렉스는 연인 미셸이 떠나자 "누구도 내게 잊는 법을 가르칠 수는 없어."라고 소리친다. 버림받은 자의 절규다. 자기 사랑에 대한 애착이며 슬픔과 분노와 원망이다. 알렉스뿐만 아니라 어느 누구도 타인의 사랑에 대해 함부로 말할 수 없다. 사랑은 이론으로 배울 수 없기 때문이다. 더구나 이별 뒤 밀려드는 미련과 아쉬움은 각자의 삶에 전혀 다른 영향을 미친다. 가르친다고 해도 배울 수 없는 게 이별의 아픔이고 망각의 시간이다.

도서관 서가를 빼곡히 채운 무수히 많은 글쓰기 책을 뒤적여도 나만의 비법을 만들기란 좀처럼 쉽지 않다. 길고 먼 여행을 떠나듯 한 글자 한 글자 써 내려가며 시행착오를 겪고 낑낑거리면서 조금씩, 아주 조금씩 앞으로 나아갈 뿐이다. 그 과정에서 당신만의 훈련법을 만들어야 한다. 주어와 서술어를 한 번만 사용하는 단문 쓰기 연습, 관형어와 부사어를 줄이는 연습, 필사적으로 필사하는 연습, 100일 동안 매일 쓰는 연습 등. 다양한 연습과 훈련을 통해 비법을 스스로 터득하고 만들어 갈 수는 있으나 남에게 배우기는 어렵다. 마치 사랑과 이별을 책으로 배울 수 없는 것처럼.

가벼운 마음으로 집 근처 산책을 나갈 때도 동네를 오른쪽으로 돌지 왼쪽으로 돌지 고민한다. 뒷산이나 탄천을 거닐 때도 나름대로 코스를 정한다. 사람들은 누구나 자기만의 방식이 있다. 개별성과 고유성은 사적인 글쓰기에서 매우 중요한 요소다. 특별한 빛깔과 향기가 느껴지는 나만의 스타일을 만들어 가는 연습과 노력은 글을 쓰는 즐거움 중 하나다. 나만의 글쓰기 비법은 다른 사람의 방법을 흉내 내고 응용하면서 얻어지는 결과물이다. 소문난 '맛집' 레시피만 있다고 금세 '대박집'이 되는 것은 아니다. 케이블카를 타고 정상에 서고 싶은가. 스스로 찾고 고민하며 만들어 가는 즐거움을 왜 포기하려 하는가.

나에게도 '마감'이 필요할까?

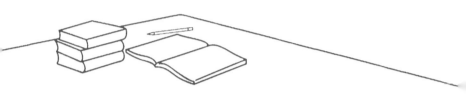

5호선 신정역 공사 현장에 도착하니 새벽 6시. 친구들을 만나 대학 첫 여름 방학 여행 이야기를 하며 희희덕거렸다. 여행 경비 마련을 위해 친척 아저씨 빽(?)을 써서 들어간 현장이었다. 단기간 고소득을 올리기 위한 선택이었는데, 건설 현장에서 매일 12시간 일하며 육체노동의 진수를 경험했다. 뜨거운 태양은 건설 현장을 녹여 버릴 것 같았다. 그날 처음 알았다, 시간이 얼마나 천천히 흐를 수 있는지를. 점심시간이 되자 학생들이 기특하다며 현장에서 일하시는 분들께서 막걸리 잔에 소주를 가득 부어 주셨다. 거절하지 못하고 원샷! 친구 두 녀석과 그늘 밑에 뻗었다. 그렇게 12시간을 버티자 그토록 기다리던 대장 아저씨의 한마디가 들렸다. "오늘 시마이!"

어떤 일을 마감한다는 뜻의 일본어 시마이しまい는 지금도 우

리말에 섞여 사용되는 일제 강점기의 잔재다. 하루 일을 마친 사람들은 퇴근하면서 '오늘 업무 시마이!'를 외친다. 현대인에게 시간 개념은 가장 원초적인 삶의 단위다. 시계 없는 하루는 상상할 수도 없다. 문제는 일반적인 시간 개념이 사람마다 다르다는 데 있다. 크로노스Chronos는 일정한 속도와 방향으로 흘러가는 물리적 시간으로 누구에게나 동일한 절대적 시간이지만, 카이로스Kairos는 주관적 느낌에 따라 사람마다 다르게 흘러가는 상대적 시간이다. 편안히 앉아 과외 아르바이트를 하던 대학생이 건설 현장에서 보낸 하루는 시간 개념 자체를 완전히 뒤흔들어 놓았다.

나의 일상을 점검해 보자. '크로노스의 시간'과 '카이로스의 시간'은 어느 정도 비율인가? 크로노스의 시간이 당신을 지배한다면, 글쓰기는 카이로스의 시간이어야 한다. 대부분의 사람들은 나름대로 바쁜 일상을 보낸다. 한가하고 여유로운 시간이 생길 때까지 글쓰기를 미루면 한 줄도 쓸 수 없다. 사적인 글쓰기라고 해서 한가한 시간만을 기다릴 수는 없다. 스스로 마감을 정한다면 지속적이고 일관성 있게 글쓰기를 할 수 있다. 마감이라고 해서 큰 부담을 가질 정도로 엄밀한 시간표를 의미하는 건 아니다. 그저 마음의 매듭을 만든다고 생각하는 편이 좋다. 글을 쓰고 싶을 때는 일상생활 틈틈이 머릿속으로 생각을 이어 가야

사적인 글쓰기를
시작하는 당신에게

한다. 책상에 앉아 자리를 잡고 글을 쓰려면 아무 생각도 떠오르지 않는 경우가 많다.

가장 사적인 글쓰기인 일기도 마찬가지다. 일과 중 만났던 사람, 업무 과정, 점심을 먹은 식당 주인에게 깊은 인상이 남았을 수 있다. 집에 돌아오는 길에 생각을 정리해 보자. 그리고 객관적 사실, 나의 감정과 판단, 상황과 맥락에 따라 한 두 문장을 머릿속에 써 보자. 일기의 마감은 오늘이다.

책을 읽거나 뮤지컬을 본 뒤에는 이렇게 해 보자. 밑줄을 긋고, 내용을 정리하고, 감동적인 장면을 떠올리며 쓰고 싶은 부분에 집중해서 생각을 굴려 본다. 그리고 며칠 있다가 글을 써 보면 어떨까. 책을 읽자마자, 공연을 보자마자 그 감동이 사라지기 전에 쓰는 것도 좋지만 며칠 동안 자기 생각과 감정을 묵혔다가 쓰는 것도 의미 있다.

스스로 마감을 정하고 이를 지켜 가는 글쓰기는 일상을 바꿀 수도 있다. 여행을 가려고 휴가를 모아 한 번에 사용하는 것처럼, 글 쓸 시간을 마련하기 위해 평소 시간을 아끼고 일정을 조절해 보자. 생활에 활력이 생기고 나만의 영역을 만들어 가면서 얻는 성취감은 돈을 주고도 살 수 없다. 글쓰기는 자신을 향한 독백이며 성장의 시간이다. 타인과 세상을 바라보는 관점을 만들고, 합리적이고 논리적으로 생각을 다듬는 시간이다. 그때

사적인 글쓰기

우리는 비판적 시선으로 사물을 바라보기도 하며, 신선하고 새로운 아이디어를 떠올리기도 한다. 생각을 바꾸고 일상을 변화시켜 삶을 조금 더 나은 방향으로 나아가게 한다. 무비판적이고 맹목적인 사고에서 벗어나 자각하는 삶을 원하지 않는가.

누구나 자기와의 싸움이 가장 어렵다. 그럼에도 글 쓰는 시간은 스스로 만들어야 한다. 나는 서평으로 본격적 글쓰기를 시작했다. 《이이화의 한국사 이야기》 22권을 읽고 장대한 우리나라 역사에 대한 생각이 머릿속에 가득했다. 인터넷 서점이 막 문을 열었을 무렵이다. 그곳에 서평을 올리기 시작했다. "기록은 기억을 지배한다."라는 발타자르 그라시안의 말을 실천했다. 오롯이 나와의 약속이었다. '읽은 뒤 3일 안에, A4 2쪽을 넘지 않게, 한 시간 안에 쓰기'라는 규칙을 스스로 정했다. 바쁜 일상 탓에 시간이 부족했을 뿐 아니라 글쓰기는 아직 취미에 불과하던 때였다. 그저 책에 미쳐서 독서의 마무리를 나만의 글쓰기로 정한 것이다. 15년째 매년 100권 이상의 책을 읽고 원고지 2,000~3,000매 정도의 글을 쓰고 있다. 책을 읽고 글을 쓰는 일은 지극히 사적인 즐거움이었고 카이로스의 시간이었다. 그렇게 시작한 글쓰기는 일상에 많은 변화를 가져왔다. 시간 개념이 바뀌었고 세상을 보는 눈도 달라졌다. 목적 없는 책읽기와 글쓰기의 즐거움은 결국 인생 자체를 뒤바꾸었다.

《한겨레》에 '북 내비게이션'이라는 칼럼을 연재할 때의 일이다. 몇 권의 책을 낸 뒤 기자의 전화를 받고 고민하다가 도전하기로 마음먹었다. 몇몇 잡지에 월간 연재를 해 본 경험을 믿었다. '북 내비게이션'은 분야별로 주제를 정해 매주 세 권의 책을 소개하는 칼럼이었다. 연재 전에 1년 동안 쓸 분야를 세분해서 계획을 세우고 읽은 책들의 목록을 만들었다. 문학부터 철학, 역사, 사회, 과학, 예술, 글쓰기까지 거의 모든 분야를 다루고 싶은 욕심에 읽지 못한 책들을 점검하고, 신간을 찾아 읽고, 읽은 책을 다시 훑었다.

하지만 이렇게 철저히 준비했음에도 직장 생활을 하며 주간 연재를 병행하기란 상상할 수 없을 만큼 힘들었다. 매일매일 살얼음판을 걷는 것 같았다. 매주 수요일, 담당 기자 출근 시간인 오전 9시가 원고 마감이었다. 주말에 원고를 쓰고 이틀 동안 묵혔다가 화요일 저녁에 수정해서 메일 '보내기'를 누르는 순간부터 다음 주 원고 준비 시작이다. 마감 강박증에 시달렸지만 몸이 아플 수도 없었다. 그렇게 1년을 보내고 농담 같은 유언을 준비했다. "주간 연재 하지 마라!"

《태백산맥》,《아리랑》,《한강》을 완성하는 20년 동안 단 한 잔도 술을 마시지 않고 매일 쓸 원고 분량을 달력에 표시해 가며 자신이 만든 '황홀한 글 감옥'에 갇혔던 조정래는 행복했을까? 감옥에나 쓰는 철문을 방에 달아 밖에서 잠그고 사식 투입구로 아내가 넣어 주는 밥을 받아먹으며 글을 썼던 이외수는 불행했을까? 매일 3,000단어가 넘는 분량의 글을 쓰겠다고 스스로 정한 버트런트 러셀은 고통스러웠을까?

작가들의 예를 곧바로 당신에게 적용할 수는 없다. 하지만 지속적이고 꾸준한 글쓰기에 도전하는 당신이라면 스스로 마감을 정해 보라. 글 쓰는 시간과 글의 분량 정도만 정하고 쓰고 싶은 분야, 내용, 방법은 쓰면서 고민해도 좋다. "우물쭈물하다가 내 이럴 줄 알았지!"라는 극작가 조지 버나드 쇼의 묘비명이 아니더라도 우리는 알고 있다. "20년 뒤, 당신은 했던 일보다 하지 않았던 일 때문에 더 실망할 것이다. 그러니 밧줄을 풀고 안전한 항구를 떠나라. 탐험하라, 꿈꾸라, 발견하라."라는 마크 트웨인의 진심을.

마감이 있는 글쓰기와 마감이 없는 글쓰기가 같을 수는 없다. 시간은 지금도 흐른다. 지금이 아니면 언제 쓰려고 하는가?

내 글에 독자가 꼭 필요할까?

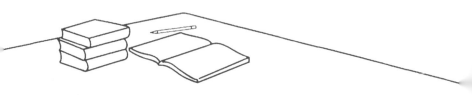

　나뭇잎 떨어지는 계절이 올 때마다 사춘기로 돌아간다. 난생처음 노란 들국화 한 다발을 선물받은 열일곱 가을, 큰 북소리를 내며 두근거리던 심장 박동을 잊을 수가 없다. 문예반 첫 시화전이 열렸고, 여름 방학 내내 땀 흘려 준비한 시화 위에 꽃다발이 걸렸다. 여름 방학 때 시문학 캠프에서 만난 여학생이 찾아왔다. 내 시가 그녀를 위해 준비한 것이 아니었지만, 그 순간만은 단 한 사람을 위해 시를 쓴 것 같은 착각에 빠졌다. 시화전에는 대부분 직사각형 하얀 패널을 사용했는데, 나는 그 틀을 깨고 싶었다. 패널을 톱으로 잘라 둘로 나눠 구멍을 뚫고 끈으로 연결했다. 끊어질 듯 매달린 패널 위에 걸린 노란 들국화 한 다발이 더욱 도드라졌다.

　시간이 한참 흘렀지만 가끔 그때 기억을 떠올린다. 새롭게 시도한 전시 형식이나 시의 내용과 상관없이 선물받은 꽃다발이지만 마치 내 시화에 대한 '인정'처럼 느껴졌기 때문이다. 꿈보다 해몽이 중요하다. 열일곱 사춘기 소년이 독자를 염두에 두고 시를 썼을 리 없다. 그것은 감정의 배설물이었으리라. 이제 막 인간과 세상에 눈을 뜨기 시작한 소년의 혼란과 열정. 아직 미성숙한 내면의 아이가 흘리는 눈물이면서 자신에게 보내는 화해의 메시지가 아니었을까. 그때 한 번이라도 내 글의 독자를 생각하면서 글을 쓴 적이 있었던가. 만약 그랬다고 하더라도 예상 독자의 처지까지 고려했을 리 없다.

사적인 글쓰기는 '나'로부터 시작하는 일상의 변화와 자기혁명이다. 주체적으로 나를 가꾸고 내 삶의 주인으로 거듭나는 일이다. 사소한 일상을 기록하고 소소한 기쁨을 느끼며 시작한 글쓰기가 결국에는 내 삶을 근본적으로 변화시킬 수도 있다. 그렇다고 글쓰기가 마냥 이기적인 행위는 아니다. 모든 글쓰기의 중심은 자기 자신이지만, 글쓰기를 통해 타인과 세상을 성찰할 수도 있다. 이런 이유로 글을 쓰는 사람은 예상 독자에 대해 고민한다. 이 문제를 좀 더 들여다보자.

언어학자 로만 야콥슨은 여섯 가지 요소(발신자, 수신자, 맥락, 메시지, 접촉, 기호)가 유기적 작용을 하는 의사소통 모델을 제시했다. 말하기에서는 맥락을 설명할 필요가 없고 소통이 가능

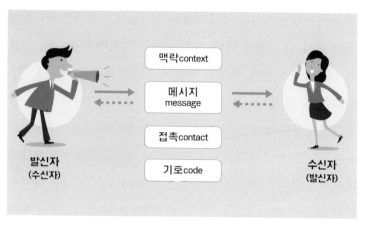

» 로만 야콥슨의 의사소통 모델

한 언어(기호)만 사용하면 된다. 글쓰기는 이를 모두 설명해야 한다는 점이 다를 뿐 '의사소통'이라는 점은 동일하다. 글쓴이가 발신자라면 독자는 수신자에 해당한다. 일기조차 발신자와 수신자가 동일할 뿐 수신자가 없는 게 아니다. 글쓰기 역시 의사소통이므로 수신자가 없는 글쓰기는 존재하지 않는다. 독자가 없는 글은 없다. 혼자만의 낙서라고 해도 내면의 목소리에 귀 기울이는 자기 자신이 독자가 될 수 있다. '생각'에 머물러 있던 내 안의 무엇이 '글'로 표현되는 순간 나의 복잡한 내면이 선명하게 드러난다. 막연했던 감정이 구체화되고 모호했던 생각이 분명해진다.

'치유를 위한 글쓰기'의 독자는 다른 누구도 아닌 바로 자기

116

사적인 글쓰기

자신이다. 누군가가 읽는 걸 두려워 말고 우선 자신을 위한 글을 써 보자. 치유의 글쓰기에서 핵심은 '드러내기'다. 내 안의 억눌린 감정, 애써 외면한 욕망, 감췄던 생각을 탈탈 털어 보자. 나를 위한 글을 쓰다 보면 글쓰기에 자신감이 붙는다.

글쓰기는 낯선 타인과 세상을 향한 소통 행위다. 수신자와 발신자가 모두 '나'인 글을 쓰다가 수신자를 '너'로 바꾸면 어떨까. 맥락에 따라 메시지가 달라진다. 사용하는 단어와 전달 방식도 바꿀 수 있다. 이 과정에서 '나'와 '너'는 수신자이면서 동시에 발신자가 된다는 점이 중요하다. 나는 너에게 메시지를 전하는 발신자이면서 너의 메시지를 받아들이는 수신자의 역할을 동시에 수행한다. 따라서 글쓰기는 수신자에서 발신자, 발신자에서 수신자로 끊임없이 역할을 바꿔야 하는 넓은 의미의 대화다.

당신이 쓰는 글을 나열해 보자. 문자 메시지, SNS, 이메일, 일기, 편지, 서평, 영화 리뷰, 공연 관람 후기, 팬카페 활동 기록, 프로젝트 기획안, 논문 등. 여기서 어떤 글을 '사적인 글'이라고 정의할 수 있을까? 글의 종류를 나누고 목적을 따지기 전에 '누가' 읽을지 고민해 보자. 단 한 사람을 위한 글이라면 글을 쓰기가 쉽다. 독자가 나 자신 혹은 특정인 한 사람이기 때문이다. 흔히 일기가 나를 위한 글이라고 생각하지만,《안네의 일기》와《역사 앞에서》와 같이 사적인 글쓰기가 공적인 글쓰기로 전환된 사례도 있다. 궁극적으로 나를 향한 가장 이기적이고 사적인 글조차도 분명히 독자를 향한 외침이다.

'독자'에 따라 글의 목적, 서술 방법, 내용이 달라진다. 공적인 글쓰기가 격식을 갖춘 정장이라면, 사적인 글쓰기는 세상 편한 파자마다. 형식에 얽매이고 독자를 신경 쓰다 보면 글쓰기가 부담스러워진다. 당신이 지금 글을 쓰고 있다면 나 혹은 그(그녀)에게 말을 건네듯 쓰기를 권한다.

글을 쓰는 사람과 읽는 사람이 서로 관심사가 비슷하고 배경지식과 취향이 겹친다면 얼마나 좋을까. '내 글에 독자가 필요할까?'라는 의문보다 중요한 것은 '다른 사람도 내 글이 읽을 만한가?' 하는 의문이다. "상대를 알면 100번 싸워도 위태롭지 않다."라는 손자의 말을 글쓰기에도 적용할 수 있다. 읽는 사람의 공감을 얻고 싶다면 당신의 생각과 감정을 어떻게 전달할지 고민해야 한다.

어떤 글쓰기도 완전히 객관적일 수는 없다. 어차피 글쓴이의 주관이 개입한다. 당신과 성격이 비슷하고 지적 수준, 정치 성향, 예술 감각 등이 완전히 일치하는 사람은 세상에 없다. 비슷한 부분도 있고 맞지 않는 면도 있기 마련이다. 독자를 염두에 두고 글을 쓰면서 당신의 생각을 일방적으로 강요하거나 설득할 수는 없다.

이어폰을 끼고 바닷가를 거닐다 눈물이 날 만큼 좋았던 그 음악이 내 연인에게조차 다르게 들린다. 내 맘에 드는 옷이 아니라 상대에게 어울리는 옷을 고르는 마음이 독자를 고려하는 글쓰기다. 그래서 '독자'를 위한 사적인 글쓰기는 배려와 소통의 첫걸음이다. 그 독자가 '나' 혹은 '너'일지라도.

사적인 글쓰기를
시작하는 당신에게

언어 감수성을 예민하게 갈고 닦으려면?

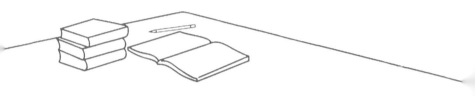

　"오빠, 나 오늘 달라진 거 없어?" 정신 똑바로 차려야 산다. 매의 눈으로 그녀를 훑어본다. '어디가 달라졌지? 처음 보는 옷인가? 립스틱 색깔인가? 매니큐어? 페디큐어?' 혼란에 빠진 남자는 가슴이 두근거리고 식은땀이 흐른다. 어느 개그 프로그램에서 본 장면이다. 직설 화법의 남자는 여자의 간접적이고 다층적인 언어를 제대로 이해하지 못한다. 여자가 원한 건 '관심'이다. 퀴즈를 풀라는 게 아니라 나를 바라보라는 요구다. 남자는 미안하다고 사과하지만 "뭐가 미안한데?"라는 여자의 한마디에 또다시 멘붕이다. 문제를 들여다보면 사소한 남녀 간의 언어 습관 차이보다는 둘 사이의 사고 체계, 소통 방식, 해결 방법의 차이에 근본 원인이 있다는 것을 알 수 있다.

　말과 글은 인간의 생각과 감정을 표현하는 가장 기본적인 도구다. 이 도구를 사용하는 방법은 제각각이다. 정확하고 분명한 언어로 표현하는 사람도 있고, 우회적이고 비유적인 표현을 선호하는 사람도 있다. "오늘 날씨 좋다."가 한강 둔치를 걷고 싶다는 말인지, 연남동 맛집에 가자는 말인지 알 수 없다. "자전거를 타고 싶다."라거나 "놀이공원에 가자."라는 말일 수도 있다. '언어 감수성'은 단순한 소통 방법의 차이가 아니라 말과 글에 대한 '민감도' 차이다. '아' 다르고 '어' 다르다는 속담은 언제나 옳다.

blue	slate	sky	navy
indigo	cobalt	teal	ocean
peacock	azure	cerulean	lapis
spruce	stone	aegean	berry
denim	admiral	sapphire	arctic

» 파란색의 종류

스카이블루, 코발트블루, 인디고블루 등 파란색을 표현하는 단어만 20개가 넘는다. 농구공 패스 횟수를 세는 데 집중하느라 중간에 등장한 고릴라를 눈치채지 못한 심리 실험 결과를 기억하는가?[1] 우리는 보고 싶은 것만 본다. 관심과 애정이 없으면 보이지 않는다. 알아야 보이고 그 차이를 느낀다. 미술을 전공하지 않은 사람에겐 이름조차 생소한 파란색'들'을 우리는 구별할 수 있을까? 같은 파란색이지만 조금씩 차이가 있다. 그 차이를 감지할 수 있는 능력이 바로 '감수성'이다.

외국어 공부를 해 본 적이 있다면 알겠지만, 일상생활을 하는 데 필요한 단어는 기껏해야 1,000~3,000개 정도다. 아침에 눈뜨고 잠들 때까지 업무와 관련된 전문 용어와 추상적 개념어 약간을 제외하면 우리는 생각보다 적은 단어만으로도 충분히 의사소통을 하며 살아간다. 무뚝뚝한 경상도 남자가 집에 가면 '아는?' '묵자.' '자자.' 세 마디면 충분하다는 말은 그저 농담으로만 들리지 않는다. 마르틴 하이데거는 "언어는 존재의 집이다."라는 말로 개인이 사용하는 언어의 중요성을 강조했다. 생각의 도구는 언어다. 당신이 소유한 아파트 평수가 아니라 활용하는 언어의 세계가 바로 당신이 사는 세계의 크기다.

조선 시대 평민들의 삶은 반경 십 리를 벗어나지 않았다. 태어나고 자란 곳에서 농사짓고 배필을 만나 아이를 기르며 살았다. '빅뱅'이나 '우주' 따위의 단어가 들어설 자리가 없었고, 그렇게 넓은 공간과 긴 시간이 필요치 않았다. 하지만 우리가 사는

---

[1] 크리스토퍼 차브리스·대니얼 사이먼스 지음, 김명철 옮김, 《보이지 않는 고릴라》, 김영사, 2011.

세상은 다르다. 매일 쏟아지는 유행어뿐 아니라 은어, 신조어, 줄임말, 신조어를 따라가기도 힘들다. 언어 감수성을 기르는 일은 신조어나 유행어에 대한 민감성만을 뜻하지 않는다. 동시대인이 공감하는 언어를 구사할 수 있다면 더할 나위 없이 좋다. 또한 풍부한 어휘를 사용하고 각 단어의 뉘앙스와 의미 차이를 능숙하게 활용한다면 글쓰기에 최적의 조건을 갖춘 셈이다.

새로운 단어를 익히는 일은 의식 세계를 넓히는 과정이다. 새로운 어휘를 만나는 일은 새로운 세계를 접하는 경이로움이다. 낯선 말, 모르는 단어, 익숙지 않은 개념을 만날 때마다 기록해 보자. 나만의 단어장을 만들어도 좋고, 밑줄 치고 메모해도 좋다. 현란한 말솜씨로 상대방을 매혹하는 사람도 있지만 어눌한 말투로 감동을 주는 이도 있다. 말하는 사람의 깊이와 넓이는 재치 있는 감언이설보다 상대가 이해할 수 있는 말로 설득하는 과정에서 잘 드러난다. 그러기 위해서는 적절한 단어와 비유적 표현, 이해하기 쉬운 예를 활용해야 한다. 더 많이 읽고 기록하고 생각하고 정리하는 사람의 언어 세계가 풍부해질 수밖에 없다.

책을 읽을 때는 물론이고 회의 도중에, 모임 자리에서, 미드를 보다가, 버스 창밖을 내다보며 떠오른 생각을 바로바로 메모해 두면 나중에 긴요하게 쓸 수 있다. 나는 황정은의 소설 《계속

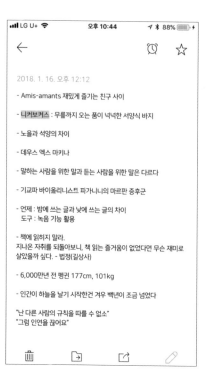

» 스마트폰 메모장

해보겠습니다》를 읽다가 '니커보커스'라는 단어를 처음 접했다. 이렇게 모르는 단어, 개념어, 재밌는 상식, 특이한 정보를 스마트폰 메모장에 적어 둔다. 나중에 상세한 내용을 더 찾아보고 글을 쓸 때 활용하기도 한다. 스마트폰은 음성 메모도 가능하다. 당신의 스마트폰에 국어사전 앱은 깔려 있는가? 인터넷 브라우저에 국어사전이 즐겨찾기 되어 있는가? 펜과 종이가 귀찮다면 언어 감수성을 키우는 나만의 방법을 만들어 보자.

글을 읽는 사람은 글쓴이의 표정을 볼 수 없고 목소리도 들을 수 없다. 글쓰기는 단어와 문장에만 기대기 때문에 말하기보다 더 정교하고 어려운 의사소통 방법이다. 따라서 동의어, 유의어, 반의어, 동음이의어, 다의어 등 한 단어를 중심으로 주변 단어와의 차이를 확인하는 일도 중요하다. 같은 단어라도 놓이는 자리에 따라 그 의미가 다르다. 비슷한 단어 가운데 무엇을 선택하느냐에 따라 문장의 뉘앙스가 바뀔 수도 있다. '정확正確'과 '적확的確'은 의미가 비슷한 단어지만 그 쓰임새가 조금 다르다.

지금 당신이 읽고 있는 글이나 책에서 '애매한 단어'를 골라 보자. '애매한 단어'란 안다고 착각하는 단어다. 쉬운 말로 정확히 설명할 수 없다면 모르는 단어다. 읽을 때도 의미를 잘 모르는 단어를 글을 쓸 때 활용할 수는 없는 노릇이다. 글을 쓰는 사람은 사전적 의미는 물론 문맥상의 의미를 정확히 알아야 한다. 모르는 단어와 표현을 찾아보며 그 의미를 확인하는 일은 매우 중요하다. 단어 연상 게임, 끝말잇기, 라임을 타는 말장난, 창의적 아재 개그도 일상에서 언어 감수성을 높여 준다.

언어 감수성을 예민하게 벼리고 싶다면 시집을 읽는 것만큼 좋은 방법도 없다. 가장 세련되고 정선된 언어의 정수를 시의 세계에서 맛볼 수 있다. 시대를 막론하고 시인은 어떤 사람보다도 모국어의 의미를 정확히 파악하고 그 아름다움을 표현할 줄 아는 사람이다. 틈틈이 시집을 읽으면서 이미 알고 있는 단어의 개념을 확장하고 눈에 보이지 않는 세계를 표현하는 방법을 익힌다면, 당신의 글쓰기는 새로운 영역으로 진입할 수 있다. 나는 주기적으로 그리고 의식적으로 시집을 읽는다. 사춘기 시절부터 시를 좋아했기 때문이기도 하지만, 정제된 언어의 아름다움을 즐기는 더 좋은 방법을 찾지 못한 까닭이다.

나도 전문가처럼 쓸 수 있을까?

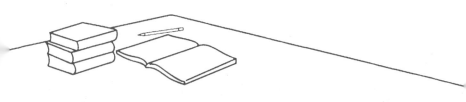

　　20세기에 접어들면서 사진과 영화가 새로운 문화 트렌드로 자리 잡았다. 사람들은 이전 시대에 불가능했던, 동시다발적으로 복제와 전송이 가능한 문화 콘텐츠에 열광했다. 영화는 전 세계 동시 개봉을 하고, 사진도 언제 어디서나 누구든지 즐길 수 있게 되었다. 원본 예술품에서만 느낄 수 있는, 모방 불가능한 아우라aura 따위는 의미 없는 시대가 열렸다. 그리고 다시 100년 뒤, 오늘은 어떤가? 기술 복제 시대의 예술 작품에 대해 고민했던 발터 벤야민이 다음 그림을 봤다면 뭐라고 평가했을까?

　　〈그림 1〉과 〈그림 2〉는 고흐와 뭉크의 화법을 학습한 구글의 인공지능 딥드림Deep Dream이 그렸다. 딥드림은 사진을 보여 주면 특정 화가의 화풍에 맞추어 그림을 그려 낸다. 스스로 학습하는 인공지능은 어느 것이 원본인지 알 수 없을 만큼 기막히게 특

사적인 글쓰기를
시작하는 당신에게

» 그림 1

» 그림 2

정 화가의 화풍을 흉내 낸다. 인물과 풍경을 묘사하고, 추상화를 그리기도 한다. 로봇과 인공지능은 이제 소설을 쓰고 피아노를 연주하고 교향곡 작곡까지 한다. 그 결과 예술품 원본과 복제품의 문제를 넘어 창작 주체에 대한 철학적 논의가 벌어지고 있다.

'전문가'는 어떤 분야에 정통한 전문 지식과 능력을 갖춘 사람이다. 현대 사회에서는 누구나 전문가가 되려고 노력한다. 그 대표적 인증서가 '박사 학위'다. 일련의 교육 과정을 마치고 특정 분야를 좁고 깊게 연구한 결과를 인정받는 전통적 제도다. 중세 시대에는 수련의 끝을 의미하는 'Ph.D' 시스템이 있었지만 지금과 차이가 많았다. 수련이 끝나면 읽을 책도 연구할 대상도 새로운 지식도 더는 없는 시대였다. 하지만 현대인에게 축적된 지식과 정보의 양은 어마어마하다. 그리고 그것들은 한순간도 멈추지 않고 확대 재생산된다. 수백 년간 이어져 온 시스템이 쉽게 바뀌지는 않겠으나, 이런 제도를 개혁하든가 때려치워야 한다는 미국의 과학 잡지 《네이처Nature》에 실린 칼럼은 달라진 현실을 정확히 짚는다.

네트워크 시대를 사는 우리는 이전 시대의 박사가 알던 것보다 훨씬 더 많은 지식과 정보에 실시간으로 접속하며 살아간다. 전문가의 권위를 끌어내리자는 이야기도, 굳이 박사가 되지 말라는 이야기도 아니다. 무지한 대중의 시대는 끝났다. 이제는 아는 게 없어서 쓸 수 없는 시대, 전문가가 아니라서 말할 수 없는 시대가 아니다. 선택하고 집중하면 누구나 전문가에 버금가는 실력과 능력을 갖출 수 있는 환경이다. 어떤 분야에 관심만 있다면 전공 또는 직업과 무관하게 깊이 몰입해 전문가를 능가하는 글을 쓸 수 있다.

한 분야에 얼마나 깊이 관심을 기울였는지, 주변을 통찰할 수 있는 시야를 가졌는지에 따라 당신의 사적인 글쓰기도 충분히 전문성을 발휘할 수 있다. 학위를 받고 학문적 성과를 이룬 사람만 전문가 대접을 받던 시대는 지났다. 어설픈 지식과 인터넷 검색으로 아는 '척'하는 태도는 매우 위험하지만, 넘치는 지식과 정보를 잘 소화해 어떻게 나만의 콘텐츠를 창조하느냐에 따라 새로운 전문가로 태어날 수도 있다.

이런 시대에도 여전히 글쓰기가 전문가의 고유 영역으로 남을까? 그렇지 않다. 어떤 분야에 꾸준히 관심을 갖고 공부하는 사람들의 글은 이미 전문가의 영역을 훌쩍 뛰어넘었다. 세상에는 나쁜 개 두 마리가 산다. 편견과 선입견이다. '내 글은 전문가의 글에 비해 당연히 부족하다.'라는 편견과 선입견을 버리자.

스스로 배우고 익히며 학생들을 가르치던 시절에 나의 호기심은 무한대였다. 분과 학문 하나하나가 다 궁금했다. 이전엔 관심도 없던 철학, 과학, 미학 분야까지 책을 찾아 읽고 자료를 뒤적여 봤다. 깊고 좁은 동굴에서 살고 싶지 않았다. 이제 나는 전복적으로 책을 읽고 유목적인 글을 쓰며 살아갈 수 있으면 그걸로 충분하다. 당신의 글쓰기도 무엇을 지향하든 자유롭고 행복한 과정이었으면 좋겠다. 그저 편안하게 즐기다 보면 어느 틈엔가 특정 분야의 전문가로서 글을 쓰고 있거나 다른 사람과 구별되는 당신만의 글을 쓰고 있을지도 모른다.

해당 분야의 전문 용어와 이론을 모두 섭렵하지 않으면 전문적인 글을 쓸 수 없을까? 기자 출신의 작가 빌 브라이슨이 쓴 《거의 모든 것의 역사》는 그 어떤 전문가의 과학책보다 재밌다. 과학 이론과 실험 결과가 아니라 역사, 사회, 문학 등 다방면에 해박한 지식과 깊은 통찰을 바탕으로 쓴 책이기 때문이다. 여행, 언어, 역사 등 그의 글쓰기는 특정 분야에 갇히지 않는다. 사적인 서평에서 출발한 나의 글쓰기도 마찬가지다. 목적 없이 즐겁게 책읽기와 글쓰기를 따라 여기까지 왔다. 책을 내고 칼럼을 쓰고 강의를 하며 '글'로자가 되기까지 많은 시간과 노력이 들었지만 즐겁고 행복하게 걸어 왔다.

《골목의 전쟁》을 쓴 김영준은 전문 경영인이 아니고,《시골 빵집에서 자본론을 굽다》를 쓴 와타나베 이타루는 경제학자가 아니다.《회색 인간》을 쓴 김동식은 신춘문예가 아니라 '오늘의 유머' 게시판으로 이름을 알렸다. 목표를 가지고 한 분야의 글을 꾸준히 쓰는 방법도 좋지만, 글의 형식과 내용에 제한을 두지 않고 나만의 글쓰기를 이어 가는 것이 가장 좋다.

미드 〈브레이킹 배드Breaking Bad〉는 폐암 말기 선고를 받은 평범한 50대 화학 교사가 생계를 위해 필로폰 제조에 뛰어드는 이야기다. 이 드라마는 미국에서 큰 호평을 받았고 우리나라에서도 상당한 마니아를 모았다. 제목 'Breaking Bad'는 '막가다' 라는 뜻의 남부 사투리로 드라마의 내용을 함축한다. 전문 지식을 어디에 쓰느냐에 따라 천재적 화학 교사가 최고의 마약 제조상으로 거듭날 수도 있다. 주인공과 대조되는 인물인 찌질이 제자와의 '케미'가 드라마에 긴장과 재미를 더한다. 마약에 문외한이었던 교사와 마약 전문가였던 제자의 역전 현상이 벌어지고 이야기는 걷잡을 수 없는 방향으로 흘러간다.

사적인 글쓰기를
시작하는 당신에게

화학 교사의 능력은 어디로 발현되느냐에 따라 전혀 다른 결과를 낳는다. 화학의 경계를 넘는 순간 긍정적이든 부정적이든 새로운 세계가 열린다. 형식과 내용의 차이가 전문가의 글쓰기와 사적인 글쓰기를 구별하지는 않는다. 스스로에 대한 자신감과 꾸준하고 성실한 글쓰기가 당신을 전문가로 거듭나게 할 뿐이다.

　"탁월함은 모든 차별을 압도한다Excellence excels all discrimination." 당신의 글쓰기는 시간과 노력에 따라 탁월함을 인정받을 수도 있다.

머리를 움직이는 글쓰기는 어떻게 가능한가?

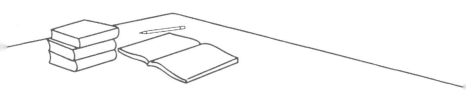

    나는 우리 정부 조직이 이웃 국가들의 제도를 모방하지 않았음을 말하고자 합니다. 우리가 다른 사람들을 본받은 것이라기보다는 다른 사람들에게 본보기가 된 것입니다. 우리의 정치 체제는 민주주의Demokratia라고 부르는데, 이는 권력이 소수의 손이 아니라 전 국민의 손에서 나오기 때문입니다. 사적인 분쟁을 해결하는 문제에서 모든 사람은 법 앞에서 평등합니다. 그러나 어떤 사람을 공적인 책임이 있는 자리에, 다른 사람보다 위에 둘 때 중요하게 고려하는 것은 그의 출신 성분이 아니라 그의 실제적인 능력입니다.

    오늘날 어느 정치가의 연설이라고 해도 조금도 어색하지 않다. 이 글은 기원전 431년에 아테네의 전몰장병 장례식에서 페리클레스가 한 연설의 일부다. 펠로폰네소스 전쟁 당시 스파르

사적인 글쓰기를
시작하는 당신에게

타를 두려워하지 말고 다시 싸우자며 감정에 호소하는 내용이다. 역경을 딛고 힘을 모으고자 했던 그의 연설은 아테네 시민들의 가슴을 움직였다. 사랑하는 이를 잃은 슬픔과 절망을 이겨 낸 아테네인들은 고귀한 정신적 가치를 지키려 다시 전쟁터로 향했다. 그들은 아테네의 영광을 되찾았을까? 만약 이때 아테네인들이 전력 차이, 피해 상황, 국제 관계의 흐름을 냉정하게 판단했다면 역사는 어떻게 달라졌을까?

인간은 때때로 이성적이고 합리적인 판단보다 즉흥적 감정으로 중요한 일을 결정한다. 이런 태도를 경제학에 적용한 심리학자 대니얼 카너먼은 2002년 노벨 경제학상을 수상했다. 2017년 노벨 경제학상을 받은 리처드 탈러는 행동경제학을 통해 '합리적 선택'이라는 고전 경제학의 기본 전제를 다시 한 번 깨뜨렸다. 매순간 우리가 얼마나 멍청한 선택을 하는지 알고 나면 깜짝 놀랄 것이다. 물건을 살 때, 투표를 할 때, 옷을 고를 때, 점심 메뉴를 결정할 때를 잘 생각해 보라.

공적인 영역에서 감정에 치우치지 않고 이성적이고 합리적으로 판단하는 사람을 우리는 '능력 있는 사람'이라고 생각한다. 학교, 직장, 사회에서 만난 사람들의 면면을 떠올려 보자. 그들은 이성적이고 합리적인가? 아니면 감정적이고 즉흥적인가? 공사公私를 구별하지 못하고 관계에 이끌려 가는 구성원들이 많은 조직은 발전이 없고 지속가능하지도 않다. 사람은 좋은데 무능한 경우, 일은 잘하는데 인간미가 없는 경우 중 당신은 어느 쪽인가? 머리와 가슴 중 어디가 더 먼저 움직이는 사람인가?

인생은 갈등과 선택의 연속이다. 이성과 합리성이 전제된 논리적 사고를 하려면 연습과 훈련이 필요하다. '머리를 움직이는 글쓰기'는 매우 중요한 글쓰기 방법이다. 사랑하는 사람에게 밤에 쓰는 편지는 마음을 움직여야 하지만, 학교나 직장에서 쓰는 리포트·논문·보고서는 머리를 움직여야 한다. 사적인 글쓰기라고 해서 개인적 감정을 쏟아 내는 것만은 아니다. 자기 생각을 '주장'하고 '설득'할 수 있는 무대가 되기도 한다. 감정은 본능이지만 이성은 훈련이다. 글쓰기는 논리적 사고 훈련과 자기 점검 도구로도 활용이 가능하다.

2017년, 한국언론진흥재단은 여섯 개의 짤막한 뉴스를 제시하고 20~50대 성인 남녀 1,084명을 대상으로 진짜 뉴스와 가짜 뉴스를 맞히는 설문 조사를 했다. 여섯 문제를 모두 맞힌 사람은 1.8퍼센트에 불과했다. 사람들은 뉴스가 대부분 진실이라고 믿는다. 방송사와 신문사의 뉴스든, SNS로 전해지는 이야기든 '의심'이 먼저다. 논리적 사고는 비판적 사고에서 시작된다. 근거 없는 주장, 출처가 불분명한 통계에 속지 말자. CNN은 "지나치게 반갑고 믿을 수 없이 기쁜 기사는 일단 의심하라."라고 경고한다. 친구가 전하는 루머, 직장에 떠도는 소문, 어디서나 흘러

다니는 '~카더라' 통신에 유의하자. '팩트체크'는 가짜 뉴스에만
필요한 게 아니다. 머리를 움직이는 글쓰기를 위해서도 반드시
필요하다.

작가 유시민의 말대로 취향을 두고 논쟁할 수는 없는 노릇
이다. 짜장면보다 짬뽕이 좋은 이유를 논증할 필요는 없다. 하지
만 당신의 주장으로 상대를 설득하기 위해서는 '근거'가 필요하
다. 역사적 사례, 정확한 통계, 검증된 이론, 전문가의 견해, 고
전 인용, 과학적 실험 결과 등. 자녀를 설득할 때, 친구와 대화할
때, 직장 상사와 회의할 때, 모임에서 발언할 때 당신의 말하기
방식은 어떤가? 자기 생각을 분명히 전달하고 구체적 근거를 제
시하는 편인가? 아니면 분위기를 보며 적당히 침묵하고 맞장구
치며 넘어가는 편인가? 정도 차이는 있겠지만, 많은 사람이 자
기 성향과 상관없이 상황에 휩쓸리곤 한다. 그러나 글쓰기에서
는 읽는 사람의 분위기 파악이 불가능하다. 상대가 누구든 오로
지 당신 혼자 끝까지 설득해야 한다.

가슴을 움직이는 글은 대체로 문학에 가깝다. 감성에 호소
하기 위해 비유와 상징도 필요하고 감각적 표현이 동원된다. 그
러나 너무 감상적인 태도는 감정에 호소하는 오류를 범한다. 지
나친 자기 고백과 감상주의는 읽는 사람을 설득하기 힘들다. 타
인을 설득하는 데는 화려한 수사보다 합리적이며 타당한 근거가

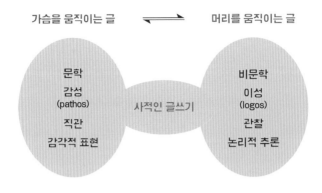

가슴을 움직이는 글 ⟵⟶ 머리를 움직이는 글

문학
감성
(pathos)
직관
감각적 표현

사적인 글쓰기

비문학
이성
(logos)
관찰
논리적 추론

» '가슴'과 '머리'를 움직이는 글의 차이

필요하다. 객관적 사실과 주관적 판단을 구별하고, 그것을 뒷받침할 자료를 찾아보자.

책을 읽을 때마다 가슴에 닿고 머리에 박히는 문장을 기록해 두자. 글을 쓸 때 큰 자산이 된다. 메모들을 모아 놓으면 나만의 글쓰기 레시피가 된다. 신문 기사 하나, 사진 한 컷이 당신의 글을 빛나게 하는 자료가 될 수 있다. 회사에서 상사 때문에 화나는 일이 있었다면 퇴근길에 술 한 잔, 친구와의 수다도 좋지만 때로는 사건과 관련된 일을 묘사하며 상황을 객관적으로 살피는 글을 써 보자. 그 과정에서 개별적이고 구체적이었던 사건이 일반화될 수도 있다. 조직의 문제점을 발견할 수도 있고 관계의 개별성을 파악할 수도 있다. 그러다 보면 당신의 생각과 행동이 달라질 수도 있지 않을까? 그렇게 글쓰기가 당신의 삶을 변화시킬 수도 있다.

당신의 글쓰기가 머리를 움직이려면 무엇보다 이성과 감정을 분리하는 연습, 자신을 객관적으로 관찰하는 태도, 논리적 사고 훈련이 필요하다. 토론Debate은 자기주장이 옳다고 인정받기 위해 편을 가르고 말로 싸우는 논리 전쟁이다. 갈등을 즐기는 사람은 없지만 회피한다고 문제가 해결되지는 않는다. 치열한 토론을 통해 상대를 이해하고 자신의 문제를 발견할 수도 있다. 머리를 움직이는 글쓰기도 이와 같다. 독자에게 당신의 생각을 강요하는 게 아니라 합리적으로 설득하는 과정이기 때문이다.

페리클레스의 감정적 호소에 설득당한 아테네 시민들은 스파르타와 펠로폰네소스 전쟁을 계속했고, 30년 가까이 지속된 전쟁으로 결국 가족과 친구를 잃었다. 전쟁에 패배한 아테네의 상황은 참담했다. 전쟁이 시작된 지 2년 만에 페리클레스가 죽었다. 성안에 전염병이 돌고, 내부 갈등으로 국론이 분열됐다. 아테네 시민들이 감정에 기울지 않고 냉정하게 합리적으로 판단했다면 전쟁을 그만두는 것이 옳았다. 하지만 가슴이 머리를 움직이지 못할 때도 있고, 머리에서 벌어진 판단과 선택이 가슴으로 전달되지 못할 때도 있다. 당신의 글이 머리와 가슴을 함께 움직일 수 있다면 얼마나 좋을까.

'매력적인 도입부'와 '깔끔한 마무리'를 쓰려면?

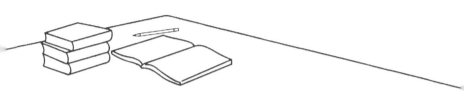

포커 판에서 한 방을 노리는 승부사의 눈빛. 겜블러의 세포 하나하나가 살아 숨 쉬는 듯하다. 탁자 위에 놓인 카드를 살피며 마지막 한 장을 기다린다. 과연 기대한 그 카드가 나올까? 진정한 승부사는 내 패보다 상대방의 카드를 더 잘 읽는다. 머릿속으로 52장의 카드를 재배열하며 확률을 따진다. 때로는 자신만의 직관에 의지한 채 마지막 승부를 펼친다. 그야말로 "All or nothing!" 이런 사람은 돌다리도 두 번 세 번 두드리고 건너는 안전제일주의자를 이해하지 못한다. 굳이 개미와 베짱이를 언급하지 않더라도 사람들은 자기 방식대로 산다. 결정적인 순간에 망설이는 선택 장애도 문제지만, 한 방을 노리며 올인All in하는 성향도 그리 바람직하지는 않다.

사적인 글쓰기를
시작하는 당신에게

첫 문장에 대한 두려움 때문에 시작도 못한 적이 있다면 당신은 냉혹한 승부사 기질이 있는 사람이 아닐까. 강렬한 마지막 문장으로 읽는 사람을 쓰러뜨리고 싶은 욕망도 마찬가지다. 카운터블로Counter blow는 권투에서나 필요한 한방이다. 사실 첫 문장은 두 번째 문장을 읽게 하려는 목적이 전부다. 두 번째 문장이 세 번째 문장으로 자연스레 이끌어 준다면 좋은 글이 된다. 문장과 문장 사이가 물 흐르듯 이어지는 글이, 첫 문장만 인상적이거나 마지막 문장만 그럴듯한 글보다 더 낫지 않을까?

그럼에도 불구하고 우리가 '매력적인 도입부'와 '깔끔한 마무리'에 골몰하는 이유는 주제와 내용이 비슷한 다른 이의 글과 비교될 때 더 깊은 인상을 남기고 싶기 때문이다. 영화 첫 장면에서 주인공이 총에 맞고 쓰러진다. 감독은 슬로모션으로 그가 땅에 쓰러지기 전까지 시간을 거슬러 총에 맞는 이유를 추적한다. 이미 비극적 결말을 알고 시작하는 영화는 재미없을까? 마지막 반전 때문에 보는 영화 〈식스 센스〉와는 정반대로, 이런 영화는 스포일러가 무의미하다. 전통적인 형식을 따르는 글보다 정해진 틀을 깬 글이 신선하다. 글의 구성을 새롭게 하고 문장을 재배열하는 것만으로도 도입부와 마무리가 깊은 인상을 남긴다.

도입부에 결론을 먼저 던지고 그 이유를 설명하는 방식을 '두괄식'이라고 한다. 자초지종을 설명하고 마지막에 결론을 맺는 '미괄식'과 상반된다. 도입부와 마무리는 구성과 형식 면에서 글의 주제와 핵심 내용을 어디에 배치하는지의 문제라 할 수 있다. 서울에서 부산까지 가는 방법은 여러 가지다. KTX를 타고 가는 가장 빠른 방법, 목포를 거쳐 남해에 들렀다 가는 방법, 정동진 일출을 보고 포항을 거쳐 가는 방법 등. 글쓰기는 속도가 승부를 좌우하는 게임이 아니다. 결과보다 과정이 중요하다는 의미다. 목적지가 같아도 그곳에 이르는 방법은 사람마다 다를 수 있다. 글의 구조는 건축 설계도와 같다. 비슷비슷한 구조의 아파트와 독특한 구조의 단독 주택 중 어느 쪽을 선택할지는 각자의 개성과 능력에 달렸다. 편안하고 안정된 구성과 독특하고 창의적인 방식은 나름대로 장단점이 있다. 인생에 정해진 답이 없듯이 글쓰기에도 정도正道는 없다.

도입부와 마무리에서 중요한 또 하나의 문제는 표현과 기교다. 같은 내용을 어떻게 전달할지의 문제다. 호기심을 자극하면서 한눈에 푹 빠지게 하는 사람이 있고, 평범하지만 볼수록 매력적인 사람이 있다. 마찬가지로 첫 문장에 매료되어 읽는 글도 있지만, 편안하고 자연스럽게 마지막 문장까지 차분히 읽게 되는 글도 있다. 사적인 글쓰기에서는 개인의 경험으로 서두를 시작하는 편이 좋다. 당신의 경험이 특별하다면 흥미와 관심을 불러일으키며, 일반적이라면 폭넓은 공감을 얻을 수 있기 때문이다. 같은 경험이라도 어떻게 표현하느냐에 따라 읽는 사람은 다르게 받아들인다.

하지만 표현과 기교는 2차적이고 기술적인 문제에 불과하다. 이것 때문에 글쓰기를 어려워할 필요는 없다. 감동적인 표현과 기막힌 문장이 좋은 글의 판단 기준은 아니다. 새롭고 신선한 당신만의 생각을 담아낸 글이면 충분하다. 표현과 기교는 대개 문학적인 글에서 중요한 문제로 다뤄진다. 창조적 상상력이 없는 화가의 손기술은 얼마나 비참한가. 다소 거칠더라도 당신만의 글쓰기가 우선이다.

어느 날 아침에 출근하려고 문을 나서는데 자동차 열쇠가 보이지 않는다. 늘 집에 들어서면서 현관에 놓인 협탁 위에 열쇠 꾸러미를 던져둔다. 이날도 평소대로 신발을 신으며 열쇠를 찾았으나 협탁 위에 열쇠가 없다. 어제 입었던 옷을 뒤지고 동선을 더듬었지만 사라진 열쇠는 나타나지 않았다. 열쇠 꾸러미에 아파트 열쇠가 묶여 있으니 잃어버렸다면 집과 차가 동시에 난감해진다. 결국 출근 시간이 촉박하니 택시를 타기로 하고 집을 나선다. 그렇게 현관문을 닫다가 기막힌 장면을 봤다. 열쇠 꾸러미가 현관문에 그대로 꽂혀 있다. 엘리베이터 안에서 잠시 생각에 잠긴다. 전날 술을 마신 것도 아니고, 특별히 쫓긴 일도 없다. 무슨 생각을 하느라 현관문에 열쇠를 꽂아 둔 채 집에 들어간 걸까.

건망증은 나의 오랜 지병이다. 친구와 통화를 하면서 전화기를 찾은 적도 있고, 가스레인지에 불을 켠 채 잠시 다른 일을 하다가 냄비를 태운 적은 한두 번이 아니다. 사소한 경험이라도 읽는 사람이 비슷한 경험을 했다면 금세 고개를 끄덕이게 된다. '너도 그랬니?' 동질감은 쓰는 사람과 읽는 사람 사이에 유대감을 형성한다. 흥미를 유발하고 호기심을 채워 주는 이야깃거리는 누구에게나 있다. '스토리텔링'은 힘이 세다. 사적 경험을 확대하고 일반화하는 방법은 글을 시작하는 최고의 기술 중 하나다.

삶이 곧 글이다. 언행일치言行一致는 성인聖人의 경지에 도달해야 가능하지만, 삶의 경험을 편안하게 풀어내는 글쓰기는 지금 우리도 충분히 할 수 있다. 도입부와 마무리가 지극히 개인적인 영역에 머물지 않고 본문 내용과 밀접하게 이어진다면 더할 나위 없다. 연결 고리를 만들고 유기적으로 엮기만 하면 된다. 억지로 꾸미고 과장하지 않아도 당신 이야기는 당신이 가장 잘할 수 있을 테니까. 비슷한 요리라도 재료의 신선도, 양념의 비율에 따라 전혀 다른 맛을 낸다. 도입부가 매력적이라고 해서 무조건 좋은 글이 아니며 마무리만 그럴듯하다고 여운이 오래 남지도 않는다. 읽고 나서 여운이 남거나 한참 뒤에도 다시 떠오르는 글을 쓰려면 나만의 레시피가 필요하다. 특별한 내용이 아니라도 글의 구성과 배열만으로 독자의 눈길을 사로잡을 수 있다.

일반적으로 글의 마무리는 결론, 핵심 내용 반복, 반전, 감동으로 채워진다. 닫힌 결말은 글쓴이의 생각을 강조하고 내용을 정리하지만, 열린 결말은 생각을 확장하고 여운을 남긴다. 특별한 결론 없이 다음을 기약한다. 글의 형식과 내용에 따라 결말을 달리 선택할 수도 있으나 어떤 결말이든 글쓴이의 개성이 드러나는 것이 좋다. 계속 쓰다 보면 타인을 바라보는 관점, 세상을 대하는 일정한 태도가 드러나기 마련이다. 쓰는 사람보다 오히려 읽는 사람이 그 태도를 먼저 눈치챈다. 그러므로 사적인 글쓰기에서는 커다란 감동이나 기막힌 반전을 추구하기보다 진솔한 경험과 생각을 과장하지 않고 담백하게 드러내는 일이 중요하다.

영화 〈러빙 빈센트〉는 107명의 화가들이 6만 2,450점의 유화를 직접 그린다는 기획으로 제작 초기부터 전 세계 관객들을 설레게 했다. 최초의 유화 애니메이션 〈러빙 빈센트〉는 화가 빈센트 반 고흐의 미스터리한 죽음을 모티브로, 10년이라는 제작 기간 동안 그의 마스터피스 130여 점을 스크린에 고스란히 재현했다. 특별한 감동은 여기서 끝이 아니었다. 엔딩 크레딧이 올라가면서 상영관 안을 가득 채운 리앤 라 하바스Lianne La Havas의 노래 〈Starry Starry Night〉이 지금도 귓가에 생생하다. "나는 내 예술로 사람들을 어루만지고 싶다. 그들이 이렇게 말하길 바란다. 마음이 깊은 사람이구

나. 마음이 따뜻한 사람이구나."라는 고흐의 말을 마음속에 새기며 자리에서 일어섰다. 겉으로는 까칠하고 괴팍해 보였지만 고흐는 깊고 따뜻한 사람이었다.

영화의 시작과 끝이 관객의 호기심을 어떻게 끌어내고 마무리하는지는 감독마다, 영화마다 조금씩 다르다. 당신의 글쓰기 역시 그 누구도 아닌 바로 당신만의 개성을 드러내는 일이라면 좋겠다.

'감동적 표현'과 '기막힌 문장'은
어떻게 탄생하는가?

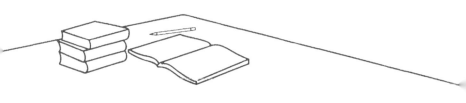

사춘기 무렵부터 시를 읽기 시작했다. 황동규, 정현종, 신경림, 조태일, 정호승, 황지우, 최승자, 오규원, 고정희, 김정환, 박노해, 이성부…. 등굣길에 암송하던 이형기의 〈낙화〉는 세월이 흘러 교과서에 실렸고, 황동규의 〈즐거운 편지〉는 수능에 출제되었다. 몇몇 시인은 세상을 떠났고, 몇몇 시인의 시집은 지금도 아껴 읽는다. 시집을 읽으면서 인간의 언어가 얼마나 아름다운지 깨달았다. 언어는 때로 별이 되었고 때로는 절망이 되었다. 시인의 말과 글은 살아 숨 쉬며 내 머리와 가슴을 채웠다. 감동적 표현과 기막힌 문장은 그렇게 내게로 왔다.

오세영의 **'행간을 건너뛰는 두 개의 콤마'** 같은 표현, 정호승의 **'너에게는 우연이나 나에게는 숙명이다'** 라는 문장에 갇혀 며칠

밤을 앓았다. 헤르만 헤세의 《지와 사랑》, 김승옥과 이청준의 소설에 빠져 허우적대기도 했다. 문학에 대한 열병으로 시작된 책 읽기와 글쓰기가 내 인생을 좌우했다. 이영희의 《전환시대의 논리》, 박세길의 《다시 쓰는 한국현대사》, 저자 이름조차 비밀이었던 《철학 에세이》가 아니었다면 '정서적' 감동에만 머물렀을지도 모른다. **'태어나려 하는 자는 하나의 세계를 깨뜨려야만 한다.'** 라는 《데미안》의 마지막 문장처럼, 알에서 껍질을 깨고 태어나 새로운 세계에 눈뜨자 '지적' 충격과 감동은 또 다른 표현과 문장의 세계로 나를 안내했다.

글을 쓰면서 생각과 감정을 어떻게 표현할지 모르겠다면 잠시 펜을 놓거나 노트북을 덮고 하늘을 바라보자. 그러고는 생각과 감정이 무르익을 때까지 기다리자. 몇 시간 혹은 며칠이라도 침묵의 시간을 갖는다면 잘 숙성된 와인처럼 간단한 표현으로 깊은 문장을 얻을 수도 있다. 좋은 글은 좋은 생각의 결과물이다. 감동적 표현과 기막힌 문장은 깊은 사유와 성찰 과정을 드러낸다.

책을 읽다가 밑줄 그은 문장을 꺼내 다시 읽곤 한다. 대부분 말로 표현할 수 없는 인간의 감정과 생각을 적절한 단어와 단어의 관계로 엮어 새로운 의미를 만들어 낸 문장들이다. 어렵고 고상한 단어를 쓰지 않아도 된다. 쉽지만 인간의 보편적 정서를 적확하게 표현하고, 보이지 않는 삶의 진리를 드러내며, 사회의 단면을 예리하게 분석하고, 인간의 욕망과 세상의 질서를 통찰한 표현과 문장은 사람들에게 칼날처럼 각인된다. 누군가 감동을 느끼고 감탄할 만한 문장을 쓰고 싶다면 내 감정과 생각을 객관적으로 볼 수 있을 때까지 좀 더 기다려 보자. 무엇보다도 타인과 세상에 대한 관찰, 분석, 비판, 논거를 점검하자. 언어는 글쓴이의 생각과 감정을 드러내는 도구일 뿐 아니라 사유의 깊이를 나타낸다.

이 세상에 팩트란 없다. 단지 해석이 있을 뿐.

니체의 이 문장을 읽고 멍하니 앉아 창밖에 흘러가는 구름을 한참 쳐다본 적이 있다. 얼마나 시간이 흘렀을까. 이 짧은 문장에 넓고 깊은 의미가 담겨 있었다. 2016년 10월 24일 JTBC가 입수한 태블릿 PC가 최순실의 것이냐 아니냐는 문제에서도 '팩트'보다 '해석'이 더 중요했을까? 이후 이어진 박근혜 탄핵과 이에 반발한 사람들의 언행을 보며 니체의 말을 이해할 수 있었다.

어떤 팩트도 해석에 따라 변질된다. 팩트는 객관적 사실을 의미하지만 그것조차 주관적 판단과 해석에 따라 얼마든지 다르게 받아들여지고 생각과 행동의 변화를 가져온다. 문학 작품의 경우에는 말할 필요도 없다. 읽는 사람마다 감동적 표현과 기막

힌 문장이 다르고 그에 대한 해석은 한 사람의 인생을 좌우하기
도 한다.

가야 할 때가 언제인가를 분명히 알고 가는 이의 뒷모습은 얼
마나 아름다운가

〈낙화〉의 이 문장은 의문문 형태지만 답을 원하지 않는다.
질문의 형태로 내용을 강조한다. 오세영의 〈한 줄의 시〉에서 '**그
를 선택하기 위해서는 너를 버리는 배신의 아름다움**'은 역설적 표
현으로 화자의 상황과 이별의 맥락을 상상하게 한다. 감동을 주
는 표현과 문장은 새로운 발견이어야 한다. 또한 의미를 응축하
여 촌철살인 효과를 거둘 수 있어야 한다. 지적 깨달음 또는 정
서적 감동을 주는 글에는 발효 과정과 숙성 시간이 필요하다.

거의 모든 글쓰기 책에서 다음과 같이 충고한다. "문장의 호
응에 주의하고, 단문(주어와 서술어의 관계가 하나인 문장)을 쓰고,
주어를 명확히 하며, 수동·피동 표현을 삼가고, 한자투·번역투
문장을 조심하며, '것·도·등'을 자제하고, 불필요한 조사와 접
속사를 생략하라." 감동적 표현과 기막힌 문장을 고민하기 전에
어법에 맞는 표현과 정확한 문장부터 쓰라는 의미다. 기초 체력
이 부실한 축구 선수가 무회전 킥 연습을 하고 전술을 익혀 봐야

소용이 없다. 글이 주는 감동과 울림은 화려한 표현과 문장보다 '진정성'에서 우러나온다. 어색하고 투박한 문장이지만 글쓴이의 진심을 담은 글은 어디서든 빛난다. 타인에게 잘 보이려는 욕심, 화려한 수사법, 현학적 표현, 그럴듯해 보이는 단어가 허접한 내용을 감출 수는 없다.

피천득의 《수필》, 법정의 《무소유》는 담백하고 맑은 차 한 잔의 느낌이다. 우유를 섞고 휘핑크림을 얹은 커피 전문점의 카페라떼나 카페모카와는 맛이 다르다. 사적인 글쓰기가 소소한 일상을 정리하고 자신을 성찰하는 기록의 과정이라면, 거기에는 화려한 드레스보다 편한 청바지가 잘 어울린다. 소박하지만 지루하지 않고, 담백하지만 자극적이지 않은 글이 오래간다. 진심을 담은 말과 글이 깊은 감동을 주고 오래 기억되지 않을까?

안도현의 〈너에게 묻는다〉는 여전히 많은 사람에게 회자된다. '**연탄재 함부로 발로 차지 마라. 너는 누구에게 한 번이라도 뜨거운 사람이었느냐**'라는 단 두 문장의 시다. 이 시의 초고는 노트 한 쪽 분량이었는데, 계속 지우고 나니 두 문장만 남았다. 짧지만 긴 여운을 지닌 시가 이렇게 탄생했다. 말을 줄이고 침묵하는 연습을 하면 글에서 힘을 빼고 무게를 덜 수 있다. 비우고 덜어 내는 과정이 채우는 과정보다 어렵다. 오랜 시간 생각을 키우고 마음의 갈피를 잡아 보자. 꾹꾹 눌러 쓴 글에서 진한 향이 배어 나오지 않겠는가.

뮤지컬 〈오페라의 유령〉을 봤을 때의 감동을 아직도 잊을 수가 없다. 환상적인 무대 장치뿐 아니라 극장을 완전히 장악한 크리스틴의 노래에 압도됐다. 앤드루 로이드 웨버의 음악과 어우러진 배우들의 연기, 공연 내내 정체를 숨긴 팬텀의 고통이 고스란히 전해졌다. 그 후 〈캣츠〉, 〈지킬 앤 하이드〉, 〈토요일 밤의 열기〉를 비롯해 소극장의 작은 뮤지컬까지 모조리 찾아 봤다. 한번 받은 감동은 평생 잊히지 않는다. 그뿐만 아니라 사람의 생각과 행동까지 바꾼다. 감동을 느껴 본 사람이 감동을 줄 수 있다. 수첩에 깨알만 한 글씨로 적어 둔 시 한 구절, 리포트를 쓰다가 베껴 둔 책 속 문장, 친구가 무심코 던진 한마디가 우리의 영혼을 송두리째 뒤흔든다. 감동적 표현과 기막힌 문장은 억지로 쓸 수 없다. 글쓰기에 몰입하는 과정에서 얻을 수 있는 자연스러운 결과물이다.

이모티콘, 줄임말, 신조어를 써도 괜찮을까?

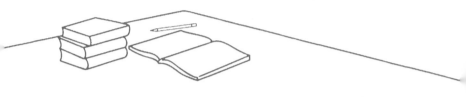

    1817년, 작가 스탕달은 피렌체 산타크로체 성당에 갔다가 귀도 레니의 그림 〈베아트리체 첸치의 초상〉을 본 뒤 무릎에서 힘이 빠지고 숨이 가빠 의식을 잃고 곧 죽을 것 같은 느낌을 받았다. 충격에서 벗어나는 데 무려 한 달이나 걸렸다. 이 그림은 훗날 요하네스 페르메이르의 그림 〈진주 귀걸이를 한 소녀〉의 모티브가 되었다. 스탕달은 일기에 "아름다움의 절정에 빠져 있다가(…) 나는 천상의 희열을 맛보는 경지에 도달했다. 모든 것들이 살아 일어나듯이 내 영혼에 말을 건넸다."라고 적었다. 이탈리아의 심리학자인 그라지엘라 마게리니는 이런 현상을 '스탕달 신드롬'이라 명명했다. 고흐는 암스테르담 국립 미술관에 갔다가 〈유대인 신부〉라는 작품에 빠져, 그 앞에서 2주를 보낼 수 있다면 남은 인생의 10년을 떼어 줄 수 있다고 말했다.

» 베아트리체 첸치의 초상

이어폰에서 흘러나오는 음악을 듣다가 눈물이 주르륵 흐른 적이 있는지. 미술관에서 알 수 없는 힘에 이끌려 어떤 그림 앞에서 떠나지 못한 적이 있는지. 정서적 충격과 감동을 주는 작품은 저마다 다르다. 스탕달 신드롬은 개별적 경험이다. 글쓰기 또한 일종의 '자유'이며 '일탈'이다.

그렇다면 이모티콘, 줄임말, 신조어를 활용하는 것도 나쁘지 않다. 하지만 형태를 뭉갠다고 누구나 에드바르 뭉크가 될 수 없고 캔버스에 물감통을 집어 던진다고 누구나 잭슨 폴록이 될 수도 없다. 골격과 근육을 공부하고 인체 해부도를 그릴 정도가

사적인 글쓰기를
시작하는 당신에게

되어야 비로소 화폭에 인물의 동작과 움직임을 제대로 표현할 수 있다. 구체적이고 사실적인 묘사 단계를 넘어서야 추상 표현이 가능하지 않을까?

글쓰기도 마찬가지다. 당신의 지문指紋처럼 특별하고 분명한 글을 쓰려면 우리말과 글에 대한 기본 규칙을 따라야 한다. 그것이 자기 스타일을 창조하는 전제 조건이다. 글을 쓸 때 문법을 벗어나면 곤란하다. 신조어와 줄임말, 이모티콘이 '신선함'으로 느껴지고 말줄임표가 '여운'을 남기려면 적절한 배치와 조합이 필수다. 이는 지극히 예외적인 경우에만 효과를 발휘한다.

고미숙의 《공부의 달인, 호모 쿵푸스》를 읽다가 당혹스러웠다. 장난스러운 말투와 '^^'의 난무. 뭐지? 이 익숙하지만 낯선 느낌은? 일상생활에서 자주 사용하는 줄임말, SNS에 등장하는 이모티콘, 트렌드를 반영하는 신조어는 익숙하지만 책에서 이런 표현을 마주하니 낯설 수밖에. 그런데 의외로 쉽게 읽히고 거부감도 적다. 경쾌하고 발랄하게 주제의 무게를 덜어 내 재치 있고 유머러스하게 내용을 전달한다. 독자에게 친근하게 다가가기 위해 쓴 전략이 성공한 듯하다. 딱딱하고 어려운 고전을 풀어내야 하는 작가의 고육지책이었을지도 모른다. 하지만 이모티콘을 쓰고도 큰 거부감 없이 받아들여지도록 적절하게 활용한 경우는 그리 많지 않다.

좋은 글은 말하듯 써야 한다. 낭독할 때 어색하지 않고 막힘없이 읽을 수 있으면 좋은 글이다. 이모티콘은 간편하고 효율적으로 감정과 메시지를 전하지만, 글쓰기에 적당한 수단은 아니다. 줄임말과 신조어는 작은따옴표(' ')로 묶어 꼭 필요할 때만 활용하면 어떨까. 일기, 친구와 주고받는 메시지, 사적인 이메일과 SNS에서는 고민할 필요가 없다. 누군가와 문자 메시지를 주고받을 때도 얼마든지 사용해도 좋다. 그러나 사적인 글쓰기라도 자기감정과 생각을 표현하는 도구로 '이모티콘, 줄임말, 신조어'는 권장하지 않는다.

글을 쓰면서 가장 유의해야 할 점은 이모티콘, 줄임말, 신조어보다 비문非文이다. 문법에 맞지 않는 문장은 오프사이드Offside를 무시한 채 축구 경기를 하는 선수와 같다. 아무리 멋진 골을 넣어도 반칙이다. '좋은 하루 되세요.' '커피 나오셨습니다.' 일상에서 우리가 흔히 사용하는 비문이다. 이 문장의 주어는 무엇일까? 영어식 표현, 번역투, 관습적 표현을 의심하지 않으면 좋은 글을 쓸 수 없다. 문장의 호응, 주어와 서술어의 관계, 특정 부사에 맞는 서술어, 시제, 높임 등 신경 써야 할 부분이 많지만 글을 쓰면서 축구의 오프사이드처럼 선수와 관중 모두가 아는 기본적 룰을 지키지 않으면 곤란하다. 이모티콘, 줄임말, 신조어는 오프사이드 경계에 있는 말들이다. 일상생활에서 대화를 하거나 메시지를 주고받을 때는 감정을 전하고 빠른 소통이 가능한 방법

좋은 글	나쁜 글
적확한 표현 명료한 문장　참신한 발상 내용의 일관성과 통일성 새로운 제안　색다른 관점 적절한 사례　설득력 있는 주장 구체적이고 논리적인 근거 선명한 주제	비문 부정확한 표현　비속어 부적절한 구어체 논리적 오류 모순된 주장　식상한 사례 익숙한 발상과 관점 불합리한 주장 타당성 없는 근거

» 좋은 글과 나쁜 글의 차이

일 수도 있지만 글을 쓰는 데는 바람직하지 않은 표현이다.

활용할 수 있는 언어의 한계, 기본적 국어 문법에 대한 지식 부족, 말과 글의 차이에 대한 잘못된 인식 때문에 쉽고 편한 길을 택할 때도 있다. 그럴 때는 조금 번거롭더라도 사전을 뒤적이며 비슷한 상황에서 다른 사람들이 사용하는 어휘를 찾아보자. 언어의 한계 때문이라면 좀 더 많이 읽으면서 어휘력을 늘려 가는 편이 낫다. 글쓰기도 요리나 볼링처럼 관심을 갖고 노력하는 과정에서 실력이 향상된다. 요리책 한 권, 볼링 기본서 한 권으로 요리사나 선수가 될 수는 없다. 수없는 시행착오와 연습을 통해 감각이 생기고 나만의 글쓰기가 몸에 익숙해지는 법이다.

나는 가끔 '진지충'과 '아재개그' 사이에서 길을 잃는다. 심각한 표정과 진지한 말투는 분위기를 무겁게 만든다. 이런 태도를 보면 누구든 나를 조심스럽게 대하고 무례하게 굴진 않는 대신 경계심을 보이며 친해지는 데 시간이 오래 걸린다. 반대로 개그 욕심을 부릴 때가 있다. 말장난과 엉뚱한 상상력으로 장난기가 발동한다. 그러면 사람들은 웃으면서 금세 친근감을 느낀다. 그러나 가벼운 사람으로 보이는 부작용, 지나친 농담과 무례한 태도를 감수해야 한다. 글을 쓸 때도 마찬가지다. 쉽고 단순한 설명과 구체적 사례는 깊이를 담보하기 어렵다. 반면, 추상적 개념과 이론은 사유의 깊이를 담보하는 대신 '노잼'이다. 좋은 음악은 가슴을 아프게 하고 좋은 글은 사람을 불편하게 한다. 특별한 경우가 아니라면 이모티콘과 줄임말과 신조어를 쓸 때는 각별히 조심해야 한다.

사적인 글쓰기를
시작하는 당신에게

발췌와 인용을 잘하는 특별한 기술이 있을까?

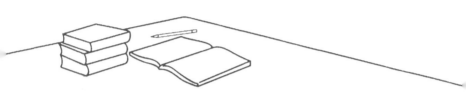

소고기를 부위별로 세분화해서 먹는 민족으로 한국인과 동아프리카 보디족을 뽑을 수 있다. 영국인과 프랑스인은 35부위, 보디족은 51부위 그리고 한국인은 무려 120부위로 나눠 먹는다.

문화인류학자 마거릿 미드의 분석이다. 최근에 먹은 소고기 부위를 정확히 알고 있는가? 소는 120여 가지 부위로 나뉘고, 조리법이 1,200가지나 된다. 발골은 소고기를 부위별로 해체하는 작업이다. 우리나라의 소고기 음식 문화는 발골에서 시작한다. 이런 작업을 하는 사람을 정형사라 부른다. 발골 기술에 따라 소고기의 등급은 물론 요리의 종류와 음식 맛도 달라진다. 등심은 소 한 마리에서 10퍼센트밖에 나오지 않지만, 가격은 소값의 30퍼센트를 차지한다. 정형사의 발골 기술이 얼마나 중요한지 확인할 수 있는 대목이다. 우리나라의 발골 기술은 세계 최고다.

발골 기술과 발췌 기술은 닮았다. 발췌도 발골처럼 한 권의 책을 구성과 내용에 따라 여러 부분으로 나누고 필요에 따라 글의 일부를 골라내는 기술이다. 차이가 있다면 발골과 달리 발췌는 대상이 끊임없이 변한다는 점이다. 또한 같은 책이라도 발췌한 사람에 따라 서로 다른 부분을 골라낼 수도 있다. 발골은 시간이 갈수록 능숙해지는 테크닉이지만, 발췌는 여러 책을 만나 머리와 가슴이 이끄는 대로 움직이기 때문에 매번 새롭다.

발췌는 기본적으로 읽기의 기술이다. 읽지 않는 사람에게 발췌는 의미가 없다. 짧은 글 한 편에서든 책 한 권에서든 발췌는 언제나 가능하다. 요약과 달리 발췌는 핵심 내용, 주제, 글쓴이의 의도에서 자유롭다. 작가가 농담처럼 던진 한마디, 책에서 읽은 에피소드 한 토막이 글쓰기의 재료가 되고 풀리지 않던 부분에 아이디어를 제공하기도 한다.

손이 가는 대로 마음이 움직이는 대로 밑줄을 긋고 메모를 시작하는 것이 중요하다. 이렇게 쌓아 놓은 발췌는 다양하게 활용할 수 있다. 코드가 맞는 사람과 친구가 되듯 작가의 생각과 감정에 공감할 때 우리는 밑줄을 긋거나 메모를 하고 책장을 접는다.

우선 뚜렷한 목적을 가진 발췌를 살펴보자. 수행평가, 리포트, 논문 등 공부에 필요한 발췌는 지식과 정보의 명료화, 구조화를 돕는다. 미처 알지 못했던 내용, 모호한 내용을 확인해 주는 부분을 발췌하고 정리한다. 업무를 위한 발췌도 비슷하다. 기획 단계의 아이디어, 구체적 실행 방법, 정리와 평가를 위한 단계별 자료를 찾아내 발췌의 기술을 발휘한다.

이렇게 실용적 목적뿐 아니라 정서적으로 공감이 가거나 삶에 대한 깨달음을 주는 부분을 발췌하기도 한다. 나의 발췌 노트를 뒤적여 본다.

〔A〕

만일 당신이 20년 뒤 의사로 일할 생각으로 오늘 의대에 입학한다면, 다시 생각해 보는 게 좋을 것이다. 왓슨 같은 인공지능이 주변에 있는 한 진료실의 셜록은 필요 없을 테니까.

　　　- 유발 하라리 지음, 김명주 옮김, 《호모 데우스》, 김영사, 2017, 432쪽.

〔B〕

나는 머릿속으로 항상 치열하고 끈질기게 작업하고 있으며, 심지어 아무것도 안 하고 아무 생각 없이 푸른 하늘 아래 초록 들판에서 넋을 놓은 채 게으르게 몽상에 잠겨, 나태하게 최악의 인상을 주는 밥벌레이자 무책임한 껄렁이로 보이는 바로 그 순간에도, 나는 대개 감각을 최고로 작동시키며 일하는 중이라는 사실을 당신은 아시는지요?

- 로베르트 발저 지음, 배수아 옮김,《산책자》, 한겨레출판, 2017, 343쪽.

[C]

독서를 만 권 이상 하고 나면, 사실 그렇게 새로운 것들이 많지 않아요. 같은 사실을 다른 방식으로 해석한 게 많지요. 아주 독특하다고 생각되는 책은 10퍼센트나 될까요? 그래서 이제 저는 '아 이것은 정말 새롭다' 하는 것만 골라내어 독서를 하죠.

- 한정원,《지식인의 서재》, 행성B, 2011, 81쪽.

[D]

내가 자살하지 않은 이유가 햇볕이라고 한다면, 내가 살아가는 이유는 하루하루의 깨달음과 공부였습니다. 햇볕이 '죽지 않은' 이유였다면, 깨달음과 공부는 '살아가는' 이유였습니다. 여러분의 여정에 햇볕과 함께 끊임없는 성찰이 함께하기를 빕니다.

- 신영복,《담론》, 돌베개, 2015, 425쪽.

[A]는 과학고 학생들 강의와 도서관 담당 교사 연수에서 인용했다. 인공지능과 4차 산업혁명 시대의 진로와 직업에 대해 언급하기 위한 자료로 쓴 것이니 실용적 목적의 발췌다. [B]와

사적인 글쓰기를
시작하는 당신에게

〔C〕는 공감을 위한 발췌다. 공감은 위로다. 정서적 목적의 발췌는 책읽기의 또 다른 즐거움이다. 마지막 〔D〕는 성찰과 깨달음이다. 내가 살아가는 이유도 '깨달음과 공부'가 아닐까 싶은 생각에 발췌했다. 이 글귀를 보며 스스로를 다잡는다.

발췌보다 더 중요한 것이 인용의 기술이다. 우선 발췌한 내용을 '직접 인용'하는 방식이 있다. 가장 간편하고 보편적인 방식이다. 본문 내용과 어울리도록 분량과 내용을 적절하게 배치하는 것이 중요하다. 이 책의 160쪽에 활용한 방법이다. 두 번째는 본문 속에 배치하는 방식이다. 글을 쓰면서 내용을 강조하거나 다른 전문가의 글을 인용할 때 이 방식을 활용한다. 이 책 165쪽처럼 본문에 번호를 붙여 주를 달아 처리한다. 강준만은 거의 모든 책에서 이 방법을 적극 활용한다. 세 번째는 '간접 인용'이다. 자신을 '지식소매상'이라 칭하던 유시민의 소싯적 글들이 여기에 해당한다. 특정 주제와 분야에 대한 독서와 사유를 거쳐 자기만의 방식으로 풀어낸다. 핵심 주제와 내용을 자기 언어로 소화해서 설명하는 방법은 간접 인용에 해당한다.

발췌 기술과 인용 방법에 따라 개성적이고 특별한 글이 될 수도 있지만 인용문 자체가 주제를 대변하는 무의미한 글이 될 수도 있다. 텍스트의 내용, 목적과 필요에 맞게 발췌한 뒤 적재적소에 인용한다면 당신의 글이 더욱 빛나지 않을까? 이때 중요한 것은 자기만의 방식으로 소화하는 과정이다. 같은 부위의 소고기를 가지고 요리를 해도 조리 방법에 따라 조금씩 다른 맛이 나듯이, 동일한 발췌지만 인용 방법에 따라 당신의 글은 전혀 다른 모습이 될 수도 있다. 재료도 중요하지만 레시피가 더 중요하다.

마지막으로 발췌는 텍스트에 한정할 필요가 없다는 점을 기억하자. "아름다운 것들은 관심을 바라지 않아."라는 명대사를 남긴 영화 〈월터의 상상은 현실이 된다〉의 한 장면, SQ3R 독서법 마인드맵, 소고기의 부위별 특징을 보여 주는 그림, 신영복의 서화, 4차 산업혁명 전망을 나타내는 도표, 인터넷의 유머 사진, 동화책의 한 장면 등 발췌 대상은 다양하다. 이 책에도 여러 군데 텍스트가 아닌 자료와 그림을 발췌해 인용했다.

글쓰기를 위해 필요한 자료를 모으고 분류하고 활용하는 연습은 당신의 글을 훨씬 더 풍요롭게 한다. 시각 자료를 그대로 인용할 수도 있지만 글을 쓰면서 설명하는 방식으로 간접 인용해도 좋다. 발췌와 인용의 기술은 개인의 취향과 능력에 따라 갈고 닦아야 하는 글쓰기 비법 중 하나다.

나는 '된장'이라 썼는데 사람들은 왜 '젠장'이라 읽을까?

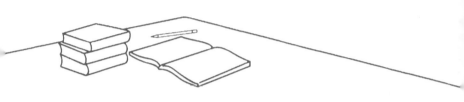

"우리 10년 후 첫눈 오는 날 저녁에 광화문 교보문고에서 만나자." 연인과 헤어지면서 했던 약속을 지키지 못했다. 약속을 잊은 것도 아니고 그녀를 잊은 건 더더욱 아니다. 한 해의 첫눈은 대개 1월에 온다. 가을이 지나고 겨울이 시작될 무렵 내리는 첫눈도 강원도에 먼저 내린다. 통영으로 이사 간 그는 혼란스럽다. 서울에서도 첫눈은 동네마다 다르다. 도대체 '첫눈'의 기준은 무엇일까?

2017년, 한국의 국내총생산GDP은 세계 11위다. 하지만 나라마다 다른 물가 사정을 반영해 실제 구매력을 측정하는 구매력평가PPP에 따르면, 한국의 1인당 국민총소득GNI은 2만 9,745달러로 45위에 그쳤다. 국내총생산이 국민 경제의 덩치를 보여 준다면, 1인당 국민총소득GNI은 국민의 평균적 생활수준을 보여 주는 지표다. 각 가계에서 자유롭게 사용 가능한 소득을 의미하는 1인당 가계총처분가능소득PGDI은 1만 6,573달러에 불과하다. 〈세계행복보고서〉에 따르면 한국의 2017년 행복 순위는 조사 대상 155개 국가 중 52위 리투아니아, 53위 알제리, 54위 라트비아의 뒤를 이은 55위다. 매년 쏟아지는 경제 지표들로 우리는 무엇을 말할 수 있을까?

　　시애틀의 중산층이 주로 찾는 술집, 긴 테이블에 열 명이 앉아 있다. 그들은 각자 1년에 3만 5,000달러를 번다. 즉 그들의 평균 연소득은 3만 5,000달러다. 이때 빌 게이츠가 술집 안으로 들어온다. 빌 게이츠의 연소득이 10억 달러라고 가정하자. 빌 게이츠가 열한 번째 의자에 앉으면 술집에 있는 손님들의 평균 연소득은 9억 1,000만 달러로 올라간다. 이것이 평균값의 함정이다. 하지만 빌 게이츠가 들어와 의자에 앉아도 열한 명의 연소득 중앙값은 여전히 3만 5,000달러다. 워런 버핏이 들어와 열두 번째 의자에 앉아도 중앙값은 변하지 않는다.¶ 마크 트웨인은 세상에 세 가지 거짓말이 있는데, 첫 번째는 그냥 거짓말, 두 번째는 새빨간 거짓말, 세 번째는 통계라고 했다. 여론을 조작하고 사람들의 생각을 뒤흔드는 건 통계 그 자체가 아니라 통계에 대한 해석이다.

¶　찰스 윌런 지음, 김명철 옮김, 《벌거벗은 통계학》, 책읽는수요일, 2013.

사적인 글쓰기를
시작하는 당신에게

누구나 한번쯤 상대방의 말이나 타인의 글을 오해한 적이 있다. 글쓰기는 일상적 대화보다 훨씬 더 정확하고 명료해야 한다. 말하기에 포함된 비언어·반언어적 요소가 배제되기 때문이다. 사랑하는 연인은 눈빛만 봐도 애정의 깊이를 가늠할 수 있지만, 당신의 글을 읽는 독자는 오로지 텍스트에만 의존한다. 첫눈의 기준이 달라 그녀를 만날 수 없고 국내총생산이 내 생활수준을 말해 주지 않듯이, 나는 평균값의 오류를 지적하고 싶었는데 사람들은 빌 게이츠가 얼마나 대단한 부자인지에 주목할 수도 있다. 사는 게 언제나 내 뜻대로 되지 않는 것처럼, '쿵'이라 말해 놓고 사람들이 알아서 '노랗게 물든 은행잎을 보고 심장이 덜컹 내려앉는 소리'로 알아듣길 바랄 수는 없다.

"어떤 과일 먹을래?" 푸짐한 저녁을 먹은 뒤 어머니께서 물으셨다. "난 파파야 아니면 망고!" 불의의 일격. 어머니는 당황하셨다. 자식들을 위해 냉장고에 항상 서너 가지 과일을 준비하시는 걸 잘 아는 나의 농담에 어머니는 실망스러운 표정이었다. 어떤 일에든 진지한 어머니도 곧 장난임을 알아채셨지만, 지금도 여전히 나의 예능을 다큐로 받으신다. 부모 자식 간에도 이렇듯 소통이 어려운데 불특정 독자가 내 글을 읽을 때는 말할 필요도 없다.

실제 글을 쓰고 읽는 과정에서 오해가 생기는 이유는 의미가 불분명한 단어나 중의적이고 모호한 표현을 사용했기 때문이다. 필요한 주어가 생략된 경우, 지시어가 불확실할 때, 수식어와 피수식어의 위치가 멀리 떨어진 문장, 유사성이 없는 사례, 적절하지 못한 비유가 오독의 원인이다. 스위스의 언어학자 페르디낭 드 소쉬르는 언어 기호記號, signe를 시니피앙signifiant, 記表(실제 음성)과 시니피에signifié, 記意(이미지·개념·내용·의미)로 나눴다. 그리고 인간의 언어 소통에서 사회적이고 체계적인 랑그langue와 달리, 파롤parole은 개인적이고 구체적인 발화의 실행과 관련된 측면이라고 구별했다. 말하자면 공통된 문법, 낱말들의 규칙은 랑그이며, 개별적 대화 상황에 따라 다르게 받아들여지는 의미는 파롤이다. 이를 글쓰기에 적용하면 랑그가 아닌 파롤 때문에 오해가 발생한다고 볼 수 있다.

문학 작품에서는 의도적으로 오독을 활용하기도 한다. 일상에서 벌어지는 숱한 말장난, '아재개그'가 이 차이를 이용한 언어유희다. 같은 텍스트를 읽어도 사람마다 다르게 '이해'하고 주관적으로 '해석'할 수 있다. 수전 손택은 《해석에 반대한다》에서 "일련의 암호, 일련의 '법칙'을 예증하는 의식적인 행위"가 해석이라고 말한다. 문학 작품의 오독은 '애매성'에서 비롯된다. 이는 작가가 의도적으로 상징적 단어와 함축적 표현을 활용한 결과다. 당신도 다양한 해석을 위해 의도적으로 애매한 표현을 쓸 수 있겠지만, 되도록이면 생각과 감정을 정확하게 표현하는 편이 낫다.

사적인 글쓰기를
시작하는 당신에게

텍스트의 의미는 결국 컨텍스트가 규정한다. 의미가 분명한 단어, 구조가 단순한 문장, 구체적 사례와 이해하기 쉬운 비유, 논리적 근거, 합리적 설명, 선명한 묘사는 글의 의미를 정확하게 전달하는 도구다. 여기서 무엇보다 중요한 것은 '논리적 오류'를 범하지 않아야 한다는 사실이다. 아무리 감동적이고 참신한 글이라도 논리적 오류가 있으면 설득력을 잃는다. 고개를 끄덕일 수도, 동의할 수도 없다. 설득하는 글뿐 아니라 설명하고 묘사하는 글도 마찬가지다. 객관적 사실을 바탕으로 자신의 생각을 합리적으로 표현하는 글쓰기를 지향하라.

논리적 오류는 크게 '형식적 오류Formal fallacy'와 '비형식적 오류Informal fallacy'로 나뉜다. 형식적 오류는 내용과 관계없이 논증 형식에 오류가 있는 것으로, 연역 논증에만 적용된다. 선결문제 요구의 오류, 자가당착의 오류, 전건부정의 오류, 후건긍정의 오류 등이 여기에 해당한다. 이에 비해 비형식적 오류는 논리적 규칙을 준수했음에도 불구하고 논증을 전개하는 과정에서 발생하는 오류다. 모호한 낱말에 관한 오류, 연민에 의한 논증, 피장파장의 오류, 논점 일탈의 오류, 성급한 일반화의 오류 등이 대표적이다.

나는 '된장'이라고 썼는데 사람들은 '젠장'이라고 읽었다면 우선 내 생각과 감정을 점검하고 맥락과 표현을 다시 생각해 보

자. 의도된 애매성인가, 아니면 정확하지 않은 표현인가. "그녀가 사라졌다."라는 문장이 "그녀와 헤어졌다." "그녀가 영국으로 떠났다." "그녀가 죽었다." "그녀가 실종됐다." "그녀가 잠수를 탔다." "그녀를 화장했다."라는 표현보다 더 나은가? 소리 내어 읽어 봐도 좋고 단어·문장 구조·글의 흐름을 꼼꼼하게 살펴봐도 좋다. 분명하고 정확한 전달 능력은 글을 쓰는 사람에게 매우 중요한 덕목이다. 아무 때나 돌려 말하지 말자. 어지럽다.

사적인 글쓰기를
시작하는 당신에게

요야이 글쓰기에 도움이 될까?

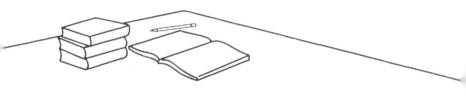

사람이 온다는 건

실은 어마어마한 일이다.

그는

그의 과거와

현재와

그리고

그의 미래와 함께 오기 때문이다.

한 사람의 일생이 오기 때문이다.

부서지기 쉬운

그래서 부서지기도 했을

마음이 오는 것이다 - 그 갈피를

아마 바람은 더듬어 볼 수 있을

마음,

내 마음이 그런 바람을 흉내 낸다면

필경 환대가 될 것이다.

– 정현종, 〈방문객〉

　한 사람의 인생을 요약할 수 있을까? 만남과 이별은 '과거와 현재와 그리고 그의 미래'까지 껴안는 일이다. 그의 생각과 감정은 물론 말투, 취향, 성격까지 '한 사람의 일생'이 함께 왔다 간다. 그의 현재는 과거의 결과이며 미래의 원인이기 때문이다. 일시적 감정, 외모와 스펙으로 만난 사람과 지속적으로 사랑과 행복을 나누기 어려운 이유가 여기 있다. '환대'는 마음의 갈피를 더듬어 그를 온전히 받아들이는 일이다.

　사랑하는 사람의 성장 배경부터 인간관계, 세상을 보는 안목까지 온전히 이해하고 받아들이는 경우는 많지 않다. 사랑하는 사이가 아니라도 마찬가지다. 한 사람의 단면을 보고 전체를 판단할 때가 많다. 우리는 그렇게 한 사람의 일생을, 과거와 현재와 미래를 판단한다. 요약할 수 없는 것을 요약하면서.

　사랑과 우정은 요약이 불가능하다. 한 사람의 인생을 요약할 수 없듯이, 결과보다 과정이 중요한 감정의 영역은 요약이 무의미하다. 연인과 '이별'했다고 해서 그간의 감정을 요약할 수 있을까. 불규칙한 패턴, 예상치 못한 반전에 반전, 비선형적 구조의 경우 요약이 어렵다. 조세희의 《난장이가 쏘아올린 작은 공》과 같은 연작 소설, 레이먼드 카버의 소설집 《대성당》은 요약이 불가능하다. 주제는 분명하지만 여러 에피소드가 뒤섞인 이야기, 특별한 사건과 갈등이 없는 소설을 어떻게 요약하겠는가.

그러면 요약할 수 있는 것은 무엇일까. 오늘의 업무, 드라마 줄거리, 목적지까지의 경로, 실험 결과는 요약이 가능하다. 프랙탈 구조처럼 반복되는 모양, 규칙적이고 동일한 패턴도 쉽게 요약할 수 있다. 요약은 중요한 것을 간략하게 보여 준다는 의미다. 핵심을 찾고 급소를 짚어 내는 일로, 전체를 짐작하는 단서가 된다.

요약은 내용과 형식에 따라 다른 방식으로 이뤄진다. 직장 동료 사이에 생긴 갈등을 요약한다고 하자. 상대방의 표정, 말투 등 감정적 요소가 중심이 될 수도 있지만, 업무에 대한 의견 차이와 진행 방식의 효율성을 중심으로 정리할 수도 있다. 이는 내용에 따른 요약이다. 2017년 프로야구 한국 시리즈 우승을 두고 벌인 기아와 두산의 5차전 게임은 기아가 득점한 3회 초·6회 초, 두산이 득점한 7회 말 상황을 위주로 요약하면 된다. 기자가 경기 정보를 전달하기 위해 세 시간이 넘는 야구 경기를 몇 줄로 요약하는 방식은 형식에 따른 요약이다. 객관적 사실을 전달하고, 그 과정과 절차가 분명할수록 요약도 더 쉽다. 자기소개서를 쓸 때 시기별로 자기 삶을 요약하기도 하고, 여행지를 소개할 때 장소별로 정보를 요약하기도 한다. 내용, 형식, 시간, 장소 등 글의 특징에 따라 요약 방법도 조금씩 다를 수 있다.

글을 쓰는 사람의 머릿속은 복잡하다. 처음부터 끝까지 내용과 형식을 구상하고 필요한 자료와 사례를 뒤적이며 설명과 묘사, 분석과 설득을 시도한다. 특히 책, 영화, 드라마, 뮤지컬 등에 대한 리뷰를 쓸 때 요약은 매우 중요한 능력이다. 일련의 서사敍事, narrative가 필요한 글을 잘 쓰려면 요약하는 연습이 필수다. 요약은 전체를 꿰뚫어 보는 눈이다. 핵심을 짚는 안목은 글쓰기에도 그대로 적용된다. 당신의 글을 문단별로 요약하고 한마디로 정리할 수 있다면, 읽는 사람 또한 그 글을 쉽게 이해할 수 있다. 쉽게 요약할 수 있는 글이 좋은 글이라는 등식이 늘 성립하지는 않는다. 하지만 좋은 글은 자료가 잘 정리되어 있고 전달하려는 메시지가 분명하다.

신문 칼럼도 좋고, 주말에 본 드라마도 좋다. 오늘 읽은 단편 소설도 상관없다. 무엇이든 한번 요약해 보라. 요약은 전체를 통찰하는 안목을 길러 준다. 전체를 조망하면서 부분을 바라보면 의미가 보다 풍부하게 느껴진다. 능동적이고 적극적인 사고 활동이 그 바탕을 이루기 때문이다. 완전히 이해하고 분석하지 못하면 요약은 불가능하다. 핵심과 주변을 구별하고 전체 구조를 알아야 가능하다. 텍스트의 의미와 글쓴이의 의도를 정확히 파악해야 요약할 수 있다. 따라서 요약은 독자가 글쓴이의 머릿속을 들여다보려는 노력이며, 글이 완성되기까지의 과정과 시간을 거슬러 올라가 보는 연습이다.

　설계도 없이 건물을 지을 수는 없다. 마찬가지로 글을 쓸 때도 '개요'가 필요하다. 구조적 사고를 하는 사람은 글을 쓰기 전에 전체를 설계한다. 좋은 글을 쓰는 사람은 쓰기 전에 밑그림을 잘 그려 놓는다. 요약은 이미 지은 건물의 뼈대를 가늠하는 일이다. 다른 집의 다양한 구조를 잘 파악한다면 내 집 또한 잘 지을 수 있지 않겠는가.

　텍스트 요약은 '핵심어 파악-중심 문장 찾기' 놀이와 같다. 요약의 첫 단계는 단락별로 중요한 단어를 골라내고, 중심 문장이 어디 있는지 찾는 일이다. 단락은 한 가지 생각을 전하는 의미 단위이며 하나의 이야기에 집중하는 문장들의 유기적 결합이다. 그다음은 핵심어와 중심 문장을 결합해 하나의 글로 정리하는 단계다. 문학이든 비문학이든, 본문에 나온 단어와 문장을 활용해 글의 골격을 보여 주고 핵심 내용을 간추리면 된다. 마지막 단계는 창조적 모방이다. 글을 다시 쓴다는 생각으로 전체를 가장 효율적이고 간명하게 정리할 수 있는 단어를 활용하고, 문장과 문장을 나누거나 합쳐 의미가 분명하고 깔끔하게 새로운 글을 완성한다. 텍스트가 아니라도 좋다. 책을 읽고, 영화나 공연을 보고, 여행을 다녀와서 내용과 일정을 요약하면 그 자체로 새로운 당신만의 글이 된다.

시간은 없고 결과가 궁금해서 드라마의 결말로 곧바로 넘어간 적이 있는가? 책을 읽지 않고 수험서로만 시험 준비를 하는 학생의 심정은 어떨까? 2배속으로 영화를 돌려 보거나 소설 줄거리만 요약한 수험서를 읽는 일은 슬프다. 과정의 즐거움을 잃어버렸기 때문이다. 결과에 집착하는 일은 행복과 거리가 멀다는 사실을 우리는 잘 안다. 목적이 수단을 아무 때나 정당화하지 않는다.

당신의 요약은 이런 방식과는 달라야 한다. 요약을 통해 나만의 관점을 제시할 수도 있고, 글쓴이와 다른 독특한 해석도 가능하다. 다른 글과의 유사점·차이점을 발견하면 비교와 분석도 쉽다. 여행을 다녀와서 글을 쓸 때 일정과 음식만으로 여행을 전부 표현할 수 없다. 이번 여행에서 어떤 장소, 어떤 에피소드가 중요하고 왜 의미 있는지 표현하고 싶다면, 여행의 전 과정을 요약하고 정리해 보는 시간을 가져야 한다. 누구를 만났고, 무엇을 보았는지, 어떤 경험을 했고, 무슨 생각을 했는지 정리해야 여행의 의미를 찾을 수 있다.

윌리엄 진서는 "대부분의 글은 조금도 손상시키지 않고 절

사적인 글쓰기를
시작하는 당신에게

반으로 줄일 수 있다."라고 말했다. 다른 사람의 글을 읽을 때나 당신이 글을 쓸 때 모두 적용되는 조언이다. 요약은 단순히 분량을 덜어 내고 크기를 줄이는 일이 아니라, 군더더기 없이 핵심을 응축하는 연습이다. 글을 쓸 때 요약의 경험을 역순으로 적용할 수 있다. 글의 뼈대를 세우고 개요를 잡는 일이 요약과 방법적인 면에서 유사하기 때문이다.

필사적으로 필사해야 할까?

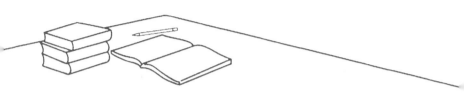

압도적인 흰색. 처음 스키장에 갔던 날의 인상이 선명하다. 깁스를 한 듯 불편한 부츠와 마음대로 내 몸을 통제할 수 없다는 불안을 눈이 시리도록 흰빛이 이겨 냈다. "흰색은 가능성으로 차 있는 침묵"이라는 칸딘스키의 말이 생각났다. 리프트는 오로지 하강을 위해 상승했다. 단순하고 반복적인 행위를 통해 얻는 즐거움은 몸의 절제와 스피드뿐.

스키에 매료된 또 하나의 이유는 '이미지 트레이닝'의 영향이었다. 시즌 시작 전, 스키 선생님이 세계적인 선수의 비디오테이프를 주셨다. 틈틈이 반복해서 보니 선수의 자세와 동작이 눈앞에 선해졌다. 어떤 분야든 프로는 아름답다. 힘을 주지 않고도 물 흐르듯 자연스럽게 스키와 산과 하나가 된 선수의 동작은 황홀했다. 무게 중심 이동, 스키 원리 등 물리적 이론을 머릿속에

사적인 글쓰기를
시작하는 당신에게

하나의 이미지로 각인할 수 있었다.

　이미지 트레이닝은 스포츠뿐 아니라 일상생활에서도 유용하다. 글을 쓰는 사람에게 이미지 트레이닝에 해당하는 연습이 바로 '필사'다. 좋은 글을 읽고 그대로 베껴 쓰면 단어, 문장, 표현, 구성에 대한 감각을 익힐 수 있다.

　처음 시작할 때 고수를 흉내 내는 연습은 매우 중요하다. 어느 경지에 오른 사람을 흉내 내며 자기 스타일을 만들어 가는 과정은 글쓰기에만 국한되지 않는다. 모든 예술가가 거치는 과정이며 기술 분야의 장인이 되는 방법이기도 하다. 모방은 단순히 베끼는 데 머물지 않고 창조적 상상력으로 나아가는 발판이다. 당신만의 스타일을 만들기 위해서는 서툴더라도 모방의 과정을 밟아갈 필요가 있다.

　글을 쓰는 사람들의 '필사'에 대한 고민은 계속된다. 필사는 필수일까? 더 쉬운 방법은 없을까? 이솝 우화 〈당나귀와 아버지와 아들〉의 한 대목을 보자.

　"저 버릇없는 놈 좀 보게. 늙은 아비가 터덜터덜 걸어가고 있는데 혼자만 당나귀를 타고 가다니!"

　"저 얌통머리 없는 늙은이 좀 보게나. 어린 아들은 걸리고 뻔뻔스럽게 혼자만 타고 가네, 그려."

"아니, 저 사람들이! 여보게들 저기 힘없는 짐승을 가여워하지 않는 인간들이 있네. 말 못하는 짐승이라고 저렇게 학대를 하다니!"

– 조정현, 《동화 넘어 인문학》, 을유문화사, 2017.

아버지와 아들은 혼란스럽다. 어느 장단에 춤을 추란 말인가. 당나귀를 타야 할지 말아야 할지, 탄다면 아버지가 타야 할지 아들이 타야 할지, 정답은 없다. 필사도 마찬가지다. 사람에 따라 그리고 필요에 따라 좋은 글쓰기 훈련이 될 수도 있으나, 자칫 다른 사람의 문장과 표현이 각인되어 자기 스타일로 소화하지 못한 채 표절의 흔적을 남긴다면 오히려 독이 될 수 있다. 필사적으로 필사를 해야 하는 것은 아니다. 필사도 선택일 뿐이다.

대체적으로 문학 지망생이 필사를 선호하는 편이다. 인물이 감정을 드러내는 방식, 장면에 대한 묘사, 이야기를 끌어가는 힘, 탄탄한 스토리와 구성 등을 자연스럽게 익히기 위해 특정 작가의 작품을 필사한다. 눈으로 읽을 때보다 손으로 쓰는 과정에서 단어 하나하나를 더 깊이 느끼고 문장과 문장 사이의 의미를 되새기며 글 전체의 세밀한 흐름을 익힐 수 있어서다. 물론 비문학 분야의 글을 필사하는 것도 좋다. 단문을 이어 가며 군더더기 없이 상황을 설명하고 자신의 생각을 설득력 있게 주장하는 칼럼을 필사하는 과정에서 의외의 것들을 얻을 수도 있다. 문제는

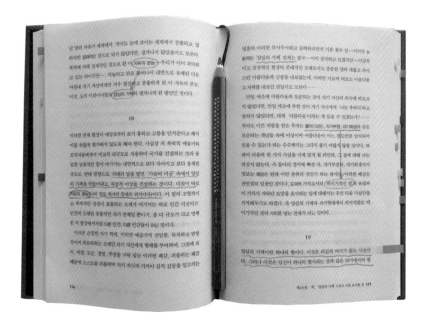

» 필사의 시작은 밑줄 긋기부터

나에게 필사가 도움이 되는지, 그럴 만한 시간적 여유가 있는지,
무엇보다 필사를 하고 싶은지 여부다.

나는 문학과 비문학을 가리지 않고 아주 오랫동안 필사를
해 왔다. 처음에는 밑줄을 긋는 데서부터 시작했다. 질감 좋은
스테들러 빨간 색연필 여러 자루를 사서 가방과 책상 등 손 닿는
곳마다 놓아두었다. 종이에 줄을 긋는 느낌이 좋았고, 새 책이
나만의 책으로 바뀌는 기분이 들었다. 어린왕자의 말처럼, 한 권

사적인 글쓰기

의 책을 내가 길들여 나갔다.

한 권을 읽고 나면 밑줄 그은 부분을 컴퓨터로 타이핑했다. 여기서 의문이 들지도 모른다. 필사는 꼭 손으로 해야 할까? 나는 그렇게 생각하지 않는다. 필사의 목적은 반복을 통해 내용과 형식을 내면화하는 일이다. 그렇기 때문에 정해진 분량이나 방법은 없다고 생각한다. 수첩, 노트, 일기장, 컴퓨터 어디든 상관없다. 신문 칼럼 한 구절이든 감동적인 에세이 한 편이든 좋아하는 작가의 장편 소설이든 분량도 관계없다. 이렇게 읽고 밑줄 치고 옮겨 적는 동안 핵심을 파악하고 내용을 검토하며 책 한 권을 다시 살피게 된다.

전통적인 방법이지만 프랜시스 로빈슨이 고안한 SQ3R 독서법Survey-Question-Read-Recite-Review은 여전히 유효하다. 필사는 Recite와 Review를 위한 최선의 방법이다.

손으로 책을 베낀 사례를 보자. 조정래의 대하소설《태백산맥》열 권을 다 합치면 200자 원고지 1만 6,500매 분량이다. 벌교 태백산맥 문학관에는 독자들의《태백산맥》필사본 20여 세트가 전시되어 있다. 짧게는 6개월에서 길게는 4년 동안 소설책 열 권을 필사한 이유는 사람마다 제각각일 테지만 이 모두가 정독과 열독의 결과물이라는 데는 이의가 없다. 문제는 시간과 노력이다. 글쓰기에 대한 열정과 정성도 결국 선택의 문제다.

사적인 글쓰기를
시작하는 당신에게

필사의 기원은 인쇄술이 발달하기 전으로 거슬러 올라간다. 손으로 베끼는 방법 말고는 책을 소유하거나 공유할 방법이 없던 시대의 간절함이 아니었을까. 중세 수도원의 서고를 배경으로 한 움베르토 에코의 소설 《장미의 이름》과 조선 시대 간서치 이덕무의 필사 경험담이 떠오른다. 필사는 역사적으로 지적 호기심을 충족하고 책의 내용과 의미를 오롯이 내면화하는 가장 좋은 방법이었다.

인쇄술의 발달로 지식이 대중화되고 책은 얼마든시 복제 가능한 물건이 되었다. 필사의 중요성이 사라진 현대 사회는 보다 빠르고 편리한 방법을 선호한다. 시대 변화를 무시하고 여전히 필사가 가장 좋은 글쓰기 훈련법이라고 말할 수는 없다. 다만 목적과 필요에 따라 자기만의 필사법을 만들어 간다면 여전히 효과적인 방법이다. 온전히 한 권의 책, 한 편의 글을 옮겨 적는 행위는 손끝에 신경을 집중하고 온몸으로 글을 받아들이고 육화하는 과정이다.

조경국은 《필사의 기초》에서 "필사는 자기 글을 쓰기 위한 디딤돌이다."라고 말했다. 생각과 감정이 말초신경의 감각과 만나는 과정이 필사다. 머리와 가슴이 만나 행동으로 옮겨지는 과정이 없는 글쓰기는 2퍼센트 부족하다. 온몸으로 밀고 나가는 글쓰기의 시작이 필사가 아닐까. 필사는 결과가 아니라 과정이다.

나만의 글쓰기 스타일을 만든다는 목표를 가지고 필사를 해 보자. 한 작가의 글을 필사하는 것도 좋지만 다양한 스타일의 글을 필사해 보라. 분야와 갈래에 따라 문체가 다르고 글의 성격도 차이가 나기 때문이다.

다시 말하지만 필사를 할 것이냐 말 것이냐 하는 문제에 정답은 없다. 마음먹은 만큼 효과가 없을 수도 있다. 노트와 필기구를 고르고 필사할 텍스트를 고를 때까지만 즐거울 수도 있다. 저린 팔을 주무르고 딴 생각을 하면서 습관적으로 베낀다면 무슨 의미가 있겠는가. 필사도 글쓰기만큼 마음을 다해 정성을 기울여야 하는 일이다. 똑같은 내용을 필사해도 필사자의 태도에 따라 결과가 다르리라는 것은 충분히 짐작할 수 있지 않은가.

A4 1쪽을 채우면 책 한 권을 쓸 수 있다고?

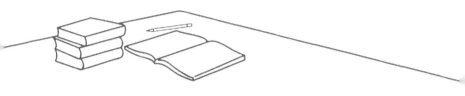

빛과 색은 다르다. 이 책에 실린 컬러 그림들을 가까이 들여
다보자. 무수히 작은 점들의 향연이 펼쳐진다. 색과 빛의 흡수와
반사가 이루는 찬란한 조화. 빛의 삼원색은 빨강Red, 초록Green,
파랑Blue이다. 기본이 되는 이 세 가지 색을 빛의 1차색이라 한
다. 세 가지 1차색을 모두 합치면 하양White이 된다. 빨강과 초록
을 혼합하면 노랑Yellow, 초록과 파랑을 섞으면 청록Cyan, 빨강과
청색을 혼합하면 자홍Magenta이 된다. 이렇게 두 가지 원색을 혼
합해서 만든 색을 2차색이라 한다. 책이나 잡지의 원색 사진을
확대경으로 보면, 이미지가 작은 색의 점으로 이루어져 있다. 컬
러 인쇄를 할 때는 여러 색의 잉크를 사용하지 않고, 빛의 2차색
인 삼원색Cyan, Magenta, Yellow과 검정색 잉크 네 가지만을 사용한
다. 이것이 바로 점묘법의 과학적 원리다.

» 그랑드 자트 섬의 일요일 오후

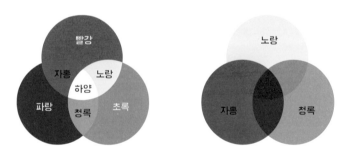

» 빛의 1차색과 2차색

색채학과 광학 이론을 연구한 조르주 쇠라의 〈그랑드 자트 섬의 일요일 오후〉는 20세기 회화를 여는 기념비적 작품으로 평가받는다. 2년 동안 열심히 점만 찍으며 작품을 탄생시킨 스물다섯 청년의 열정은 지금까지도 놀라운 감동을 전한다. 수많은 점을 찍어 그림을 완성하는 점묘법은 빛과 색의 조화를 이용한다. 하나의 점이 인접한 점과 조화를 이루고, 부분은 전체와 어우러진다. 예술은 균형과 조화가 빚어낸 아름다움이다. 하나의 점은 그 자체로는 무의미하지만 다른 점들 사이에서 제 빛깔과 모양으로 빛난다.

작은 점 하나하나가 모여 예술이 되듯이 글자 하나하나가 모여 글이 된다. 원고지 한 칸을 채울 수 있다면 한 권의 책도 쓸 수 있다. 글자가 모여 단어가 되고 문장이 모여 문단을 이루며 한 편의 글이 완성된다. 짧은 글들이 모여 한 권의 책이 된다. 200자 원고지 한 장은 띄어쓰기를 포함해 스무 칸 열 줄이다. 수첩이나 노트를 활용하는 사람은 보통 한 줄에 몇 글자를 쓰고 한 페이지가 몇 줄인지 세어 보면 자신이 쓴 글의 분량을 쉽게 확인할 수 있다. 손으로 글을 쓰는 사람도 있지만 최근에는 대부분 컴퓨터를 이용한다. 한글 프로그램을 열고 디폴트값으로 A4 1쪽을 꽉 채우면 원고지 10매(2,000자)다. 메뉴를 열고 '파일-문서 정보-문서 통계'를 확인하면 정확한 분량을 확인할 수 있다. 일반적인 단행본은 신국판(153×224) 크기로 한쪽에 원고지 3매 분량의 글이 들어간다. 어떤 책이든 한 줄의 글자 수와 행을 곱하면 원고 분량을 간단히 계산해 볼 수 있다. 책 한 권에 필요한 원고 분량은 본문 디자인, 사진, 자료, 삽화 등에 따라 달라지지만 대략 200자 원고지 600매 정도면 200쪽 내외의 책 한 권으로 묶일 수 있다.

물리적인 원고 분량과 책의 볼륨을 계산해 본 이유는 누구나 책을 쓸 수 있다는 점을 말하고 싶어서다. A4 1쪽은 신국판 크기의 책으로 3∼4쪽 분량이다. 짧은 글이라도 꾸준히 쓴다면 언젠가 책을 쓰는 일도 가능하다. 물론 꼭 책을 쓰라는 말은 아니다. A4 1쪽을 단단하게 채울 수 있는 사람이 좋은 글을 쓸 수 있다는 뜻이다. 《사이토 다카시의 2000자를 쓰는 힘》에서는 세 가지 키워드 혹은 키프레이즈로 원고지 10매를 쓰는 힘을 기르라고 조언한다. 쓰고 싶은 글의 핵심을 관통하는 세 가지 이야기를 염두에 둔다면 빈 노트나 화면을 채워야 한다는 부담에서 벗어날 수 있다. A4 1쪽을 3등분해서 각각의 이야기에 집중해 보자.

영화나 드라마에서 글 쓰는 사람이 고뇌에 찬 표정으로 종이를 구겨 던지는 장면을 본 적이 있는가. 그러다가 그는 한 줄도 못 쓴 채 새벽을 맞는다. '그분'이 오셔서 기막힌 표현과 문장을 던져 주길 바라는가. 사적인 글쓰기에서 중요한 것은 한순간의 영감보다 한 걸음씩 앞으로 천천히 나아가는 꾸준한 노력이다. 글쓰기는 학창 시절 백일장이 아니라 내 실존과 싸우는 마라톤이다. 당신의 삶을 성찰하고 가꿔 나갈 방편으로 쓰는 글은 초

침이 한 시간을 채우듯 써야 한다. 결과보다 과정이 우선이며, 일정한 양이 질을 담보하기 때문이다. 단기간에 글쓰기 능력을 높이는 방법은 없다. 멀리 보고 싶으면 높이 올라가야 한다.

신문과 잡지, 출판을 목적으로 한 글쓰기는 공적인 글쓰기에 해당하지만, 책을 읽고 내용을 살피며 생각을 정리하는 글쓰기는 사적인 글쓰기다. 나는 블로그를 통해 벌써 15년째 매년 A4 200쪽 정도의 사적인 글쓰기를 이어 가고 있다. 누가 시켜서 하는 일도 아니고 큰돈을 벌 수 있는 일도 아니지만 글을 쓰는 동안은 내가 온전히 나로 살아 있다는 느낌이다. 타인과 세상을 나만의 시선으로 바라볼 수 있는 시간이다. 글쓰기는 나의 생각과 감정이 무엇인지 확인하는 과정이다. 바람이 불고 해가 지는 일처럼 책을 읽고 글을 쓰는 일상을 보내면서 자연스럽게 나의 생각과 행동이 변했다. 인간과 세상을 보는 관점이 달라졌고 삶을 대하는 태도도 바뀌었다. 사적인 글쓰기는 그런 것이다. 매 순간 숨을 들이마시고 내쉬는 행동을 신경 써서 하지 않듯 글쓰기 역시 자연스럽게 생활의 일부가 되어 조금씩 나를 바꾼다.

당신은 누구인가, 왜 글을 쓰려 하는가, 어떻게 살고 싶은가, 행복이란 무엇인가. 사적인 글쓰기는 이 질문들 사이의 중심 잡기다. 때로는 사람에게 상처받고 때로는 세상살이에 지친 마음을 달래는 위로다. 세계를 인식하는 방법이며 삶에 대한 성찰이다. 흔들리지 않고 피는 꽃이 어디 있으랴. 매일매일 흔들리고 불안해도 삶은 계속된다. 사적인 글쓰기가 계속된다면 당신은 이전의 삶으로 돌아갈 수 없다. 그 비밀의 문을 열어 보고 싶지 않은가.

허명虛名을 얻으려는 욕심, 문명文名을 떨치고 싶은 간절함도 나쁘진 않지만, 그보다는 내 삶의 변화에 방점을 찍는 것이 좋다. 자신을 돌아보고 타인을 관찰하고 현재를 파악하는 일은 목적지와는 조금 다른 곳으로 당신을 안내할 수도 있다. 인생은 결과가 아니라 과정이라는 사실에 동의한다면 좀 엉뚱한 곳에 도착하더라도 당신이 걸어 온 길이 기쁘고 행복하지 않을까. 그렇게 조금씩 흘러가는 시간이 모여 당신의 인생이 되듯 A4 1쪽이 한 권의 책이 된다고 나는 믿는다.

아날로그와 디지털, 어떤 도구가
글쓰기에 더 좋을까?

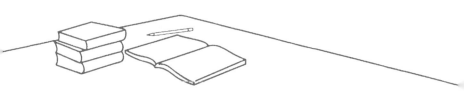

사랑하는 것은

사랑을 받느니보다 행복하나니라

오늘도 나는

에메랄드빛 하늘이 환히 내다뵈는

우체국 창문 앞에 와서 너에게 편지를 쓴다.

– 유치환, 〈행복〉 중에서

통속적 러브레터에 적혔을 법한 이 문장은 아날로그 감수성
을 자극한다. 통영여중 국어 교사였던 청마 유치환은 퇴근길에
우체국 창문 너머로, 정운 이영도의 언니가 운영하는 수예점을
바라보며 엽서를 쓴다. 쪽진 머리에 고운 한복을 입고 말수가 적

었던 이영도는 통영여중 교사로 부임하면서 운명적으로 유치환을 만난다. 유부남과 미망인의 이루어질 수 없는 사랑은 20년간 '썸'만 타며 5,000통의 편지를 주고받은 게 전부였다. 갑작스러운 교통사고로 유치환이 죽자 이영도가 편지를 모아 《사랑하였으므로 행복하였네라》를 출간하면서 그간의 일들이 세상에 알려졌다.

에리히 프롬은 《사랑의 기술》에서 사랑하는 이들을 위한 최고급 기술을 전한다. 그 기술은 '사랑은 받는 것이 아니라 주는 것'이라는 평범한 진실이다. 아날로그 시대에는 조건 없이 주고 싶은 마음을 진정한 사랑이라고 믿었다. 디지털 시대라고 사랑의 본질이 달라진 것은 아니지만 만남과 이별의 방식은 많이 변했다. 이제는 그 혹은 그녀를 기다리는 동안 두근거리던 심장 박동 소리를 기대할 수 없다. 실시간으로 메시지를 주고받으며 초 단위로 상대방의 위치 파악이 가능한 시대에 〈그녀를 만나는 곳 100미터 전〉 같은 노래가 들어설 자리는 없어졌다.

아날로그 매체는 다소 불편하고 시간이 걸리는 대신 기다림을 선물한다. 디지털 매체는 빠르고 정확한 대신 감성을 자극하기 어렵다. 매체는 도구다. 인류 문명은 도구의 진화 과정이라고 해도 과언이 아니다. '도구의 인간'이라는 뜻인 호모 파베르Homo Faber는 그 특징을 잘 짚어 낸다. 도구의 발달은 인간의 지식과 경

사적인 글쓰기를
시작하는 당신에게

험의 축적 과정이었다. 글을 쓰는 도구도 인류 역사와 함께 발전했다. 아날로그와 디지털 중 당신은 어떤 도구로 글을 쓰는가?

이탈리아의 유명한 만년필 제조업체는 수작업으로 매년 단 한 개의 특별한 만년필을 만든다. 다이아몬드 2,000개로 장식한 이 만년필은 가격이 16억 원을 훌쩍 넘는다. 세상에서 제일 비싼 이 만년필로 글을 쓰면 어떤 기분일까? 백화점에는 수백만 원짜리 만년필이 즐비하다. 책상에 굴러다니는 몽당연필, 오랜 친구 같은 모나미 153 볼펜으로는 좋은 글을 쓸 수 없을까?

글을 쓰는 도구는 입력 장치에 불과하다. 연필, 볼펜, 수성 펜, 만년필, 태블릿과 컴퓨터 등 쓰는 사람의 취향에 따라 선택하면 그뿐이다. 다만 아날로그와 디지털의 차이는 있다. 감성적 측면에서 차이가 나고 입력 장치에 불과한 도구가 생각의 흐름을 바꿀 수도 있다는 점은 염두에 둬야 한다. "나는 연필로 글을 쓴다. 연필이 아니면 한 자도 쓸 수가 없다. 지우개가 없으면 한 자도 쓸 수가 없다. 나는 반드시 지우고 다시 쓰기 때문이다. (…) 그래서 내 책상 위에는 저녁마다 지우개 가루가 눈처럼 쌓이고 두어 장의 원고가 늘어난다. 인생은 고해인 것이다." 소설가 김훈의 고백이다. 그의 가방에는 늘 필통이 들어 있고, 필통 안에는 몽당연필과 지우개 그리고 문구용 칼이 놓여 있다. 글을 쓰는 사람에게 필기구는 생산 수단이며 때로는 세상에 맞서는 무기다. 당신은 어떤 무기를 사용하고 싶은가?

우선, 연필이다. 초등학교에 다닐 때 어머니는 연필을 깎아 필통을 채워 주셨다. 너무 뾰족하면 노트가 찢어지고 쓰다가 뭉툭해지면 흑연이 뭉개지던 기억이 난다. 연필깎이가 생기면서 손으로 연필을 깎을 때 연필심이 사각사각 갈리던 소리는 추억으로 남았다. 글을 쓰기 전에 연필을 깎는 동안 차분하게 마음을 가다듬는 준비 시간을 가질 수 있다. 손 글씨에 그대로 묻어나는 감성은 글쓴이의 표정과 감정까지 담아낸다. 연필은 가장 원초적이며 따뜻한 글쓰기 도구로 계속 살아남을 것이다.

중학생이 되면 볼펜을 써야 할 것만 같았다. 6학년 겨울 방학 때 네 줄짜리 영어 노트에 모나미 153으로 처음 알파벳을 썼다. 중학생 누나에게 졸라 A부터 Z까지 대문자와 소문자를 배우고 글자를 한 번에 이어 쓰는 필기체를 연습했다. 볼펜이 아직 익숙하지 않아 노트 위에 쭉쭉 미끄러지고 '볼펜 똥'이 묻어나서 마음에 들지 않았다. 하지만 볼펜은 여전히 가장 실용적인 필기구다. 저렴하고 편리하다. 바쁜 일상에서 도구보다는 내용을 중시하는 당신에게 어울린다. 손닿는 곳에 볼펜 한 자루쯤 놓여 있지 않은가.

나는 지금도 10년 된 라미 만년필을 사용한다. 1회용 카트리지만 교체하면 된다. 편리하고 간단한 잉크 교체 방식으로 기존 만년필의 불편함을 해결했다. 덕분에 그리 비싸지 않은 가격으로 만년필의 감촉을 누릴 수 있다. 잉크병을 쏟은 추억이 있는

사적인 글쓰기를
시작하는 당신에게

세대에게는 격세지감이겠고, 만년필을 사용해 보지 않은 세대에게는 새로운 경험을 선사한다. 스탠드 불빛 아래 만년필을 들고 있으면 뭔가를 쓰고 싶은 마음이 절로 생긴다.

스마트폰의 메모장 기능은 상당히 유용하다. 잠들기 전 떠오른 생각, 필기구를 꺼내기 곤란한 상황에 스마트하게 기록하고 간단한 글을 쓸 수도 있다. 통학 거리가 긴 대학생이 등교하는 동안 수업 때마다 제출해야 하는 원페이퍼 리포트를 스마트폰으로 쓴 경험담을 들은 적이 있다. 시간과 장소에 맞는 도구를 활용하면 나름대로 재밌고 즐거운 글쓰기가 가능하다. 버스 창가에 앉아 스마트폰으로 글을 쓰는 당신의 모습은 어떤가.

태블릿은 스마트폰과 컴퓨터의 중간 형태다. 태블릿과 함께 휴대용 키보드를 들고 다니면서 문서 작업을 할 수도 있고, 인터넷 검색이나 다른 작업을 하다가 자판으로 입력할 수도 있어 편리하고 유용하다. 나는 한동안 아이패드에 덮개 겸용 일체형 키보드를 붙여 밖에서는 노트북 대신 휴대용 입력기로 활용했다. 외부 회의, 카페에서 작업할 때도 활용도가 높다. 크기와 이동성을 생각하면 집 안팎 어디서든 자유롭게 사용할 수 있다.

마지막으로 컴퓨터를 빼놓을 수 없다. 노트북과 데스크톱은 크기와 무게만 다를 뿐 기능에는 거의 차이가 없다. 나는 22인치 모니터와 13.3인치 노트북을 연결해서 듀얼 모니터로 쓴다. 오른쪽 큰 화면엔 인터넷 브라우저를 열어 음악을 듣고 자료를 검색하고 메일로 업무를 처리한다. 노트북은 언제나 한글 화면이다. 컴퓨터는 속도, 편집, 저장 등 여러 측면에서 탁월한 글쓰기 도구다. 네트워크 시대의 글쓰기는 도서관에서 일일이 자료를 찾는 수고를 덜어 준다. 백과사전, 이미지, 통계 자료, 논문 등을 24시간 내내 검색할 수 있다. 컴퓨터는 이 모든 지식과 정보를 글쓰기에 직접 연결해 준다.

늘 노트북으로 글을 쓰다 보니 손톱이 자판에 닿는 느낌이 싫어서 항상 짧게 자르는 습관이 생겼다. 손가락이 부드럽게 자판을 두드리며 내는 소리가 리듬을 타는 날은 창밖 풍경도 다르게 보인다. 당신이 선택한 글쓰기 도구를 시간과 장소에 따라 적절하게 활용하자. 한 가지를 고집할 필요가 없다. 분위기에 따라 여러 도구를 써 봐도 좋다. 무엇을 고를지 고민하는 과정도 즐겁지 않을까. 글 쓰는 도구도 글을 쓰는 사람과 궁합이 잘 맞아야 한다.

세상을 온통 하얗게 뒤덮은 첫눈을 밟을 때 나는 뽀드득 소리, 서쪽 하늘을 물들인 빌딩 숲 사이의 붉은 노을, 이어폰으로 들려오는 감미로운 노래의 감동, 버스에서 엄마 등에 기대 잠든 아이의 표정, 소나기를 만나 뛰어가다가 문득 고개를 들었을 때 얼굴에 떨어지던 빗방울, 오래전 함께 걸으며 처음 잡았던 그녀의 부드러운 손, 뜨거운 화로에 들어가기 전 마지막으로 본 아버지의 눈감은 얼굴, 지리산 천왕봉에 핀 황홀한 상고대. 당신 인생에서 지울 수 없는 기쁨과 슬픔 그리고 온몸에 새겨진 기억과 어울리는 도구를 찾아보자. 손때 묻은 필기구, 모서리가 해진 수첩, 한쪽 귀퉁이가 깨진 노트북 모두 좋다. 당신을 빛나게 할 글쓰기 도구는 무엇일까.

글쓰기가 나를 치유할 수 있을까?

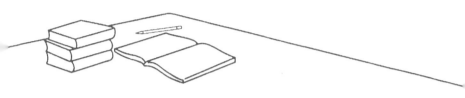

물이 반이나 남았다는 낙관주의자가 성공한 인생을 살며 행복할 가능성이 클까? 아니면 물이 반밖에 남지 않았다는 비관주의자가 위험 상황에 예민하게 반응해서 더 나은 미래를 준비할

낙관주의자	비관주의자	현실주의자
물이 반이나 남았네	물이 반밖에 남지 않았네	물이 반 컵 남았네

» 물 반 컵을 바라보는 관점 차이

까? 그것도 아니면, 감정적 판단을 배제한 채 물이 반 컵 남아 있다는 객관적 사실만을 받아들이는 현실주의자가 웃게 될까? 어린 시절 우리가 읽은 위인들의 인생 역전 드라마는 누구나 한 번쯤 겪는 장애물을 과장한 건 아닐까? 운전을 하다 보면 언제든 요철을 만나고, 살다 보면 누구나 뒤통수를 맞는다.

똑같은 물 반 컵에 대응하는 방식이 저마다 다르듯, 삶의 문제를 해결하는 방식도 제각각이다. 누군가는 맛있는 음식을 먹고 쇼핑을 하면서 스트레스를 풀고 다른 누군가는 여행과 운동으로 극복한다. 정면으로 부딪치며 문제의 근본 원인을 찾고 해결 방법을 고민하는 사람도 있지만 그렇지 않은 경우가 더 많다. 지치고 힘들면 어딘가에 기대 울고 싶어진다. 어릴 때 축구하다가 까진 상처를 알코올 솜으로 박박 닦아 내는 보건 선생님이 악마로 보인 적이 있다. 곪지 않고 상처가 아물려면 상처를 속속들이 헤집어야 한다는 사실을 어른이 되어서야 겨우 깨달았다.

어린 시절에는 마법의 빨간약이 모든 상처를 낫게 했지만 세상을 살아가면서 받는 상처에 바를 수 있는 빨간약은 없다. 어른을 위한 만병통치약은 어디 없을까? 글쓰기를 통해 시련과 고통을 극복하고 새로운 삶의 희망을 찾을 수 있다면 어떨까. 손에 쥔 컵 속에 물의 양은 변하지 않는다. 다만 그걸 바라보는 당신의 생각이 때때로 달라질 뿐이다. 인생을 바라보는 관점도 이와 다르지 않다.

프랑스의 정신분석학자 라캉은 '**욕망**desire＝**요구**demand－**필요**need'라는 공식을 제안했다. 대부분의 상처와 고통은 채워지지 않는 욕망 때문에 생긴다. 욕망의 크기를 줄이면 고통이 저절로 사라진다는 부처님 말씀을 들어도, 금욕적 태도로 축적한 재산이 신앙심의 척도라는 막스 베버의 책을 읽어도 막상 내게 적용하기는 쉽지 않다. 당신이 진짜 원하는 삶을 확인하고, 세상에서 받은 상처를 치유하는 글쓰기가 여기에서 출발한다. 글쓰기는 자기 욕망, 자유의지, 삶의 주체성을 돌아보게 한다.

이렇게 글쓰기는 본질적 자아와 철저하게 마주하는 일이다. 당신은 어떤 사람인가? '나'를 들여다보고 확인하는 과정은 사적인 글쓰기의 첫걸음이다. '나'의 욕망, 이별, 실패, 좌절, 고통을 들여다보지 않고 문제를 극복할 수 없다. 당신의 상처가 어떤 문제 때문이든 글쓰기는 당신 내면을 직시하고 치유하는 중요한 역할을 한다.

쇼핑과 폭식, 수다와 술 한 잔으로도 문제가 해결되지 않을 때 글쓰기는 기대하지 않았던 효과를 발휘한다. 연인과 이별하고 슬픈 드라마나 영화를 보며 펑펑 운 적이 있는가? 감정을 이입해서 흘린 눈물은 정화 작용을 한다. 자기감정에 충실한 글쓰기는 눈물을 흘리는 것처럼 내면을 돌아보고 자기를 치유하는 기능이 있다.

치유하는 글을 쓰는 첫 번째 단계는 감정의 객관화다. 이런 글을 쓰려면 자초지종을 떠올리며 차근차근 설명해야 한다. 상대방의 말과 행동, 당시 상황과 맥락을 떠올려 보자. 말과 글의 차이는 표현의 구체성에 있다. 연인과 헤어져 울고 있는 친구에게는 어깨를 다독여 주는 것만으로 충분하다. 무슨 말이 필요하겠는가. 하지만 손가락으로 눈물을 흘릴 수는 없다. 친구에게 보내는 편지든 나만의 일기장이든 글을 쓰려면 설명과 묘사가 필요하다. 내 생각과 감정뿐 아니라 상대방의 말과 행동을 글로 쓰면서 객관적으로 상황을 돌아보자.

두 번째 단계는 문제의 원인을 파악하는 일이다. 나의 잘못은 무엇이며, 통제할 수 있는 상황은 어디까지일까. 나와 무관한 상대방의 실수, 조직과 시스템의 문제는 무엇일까. 차분하게 '상처'의 원인을 들여다보자. 인간은 생각보다 훨씬 더 감정적인 동물이다. 논리적 사고, 합리적 판단, 이성적 행동은 사적인 관계를 넘어 공적인 조직에서조차 기대하기 어려울 때가 많다.

치유하는 글쓰기의 마지막 단계는 문제 해결이다. 글을 쓰면서 자기감정을 객관적으로 파악했다면 상처의 원인 또한 알 수 있다. 그 원인이 반복되는 상황인지 일시적 감정인지 판단해야 한다. 사람 때문인지 상황 때문인지도 확인해 보자. 사랑하지만 이별해야 한다는 결론에 도달할 수도 있고, 안정적인 상태임에도 다른 일을 준비할 수도 있으며, 규정과 제도를 고쳐 시스템을 손보기 위해 노력할 수도 있다.

한때 '힐링' 프로그램이 인기를 끌었다. 여전히 곳곳에서 자주 보이는 '괜찮다'라는 형용사는 위로가 되고, '토닥토닥'이라는 부사는 마음을 진정시킨다. 하지만 치유하는 글쓰기는 "내면의 상처를 회복하고, 한층 더 성숙한 의식"¶을 갖는 가장 좋은 방법이다. 날것 그대로 상처를 드러내고 문제를 직시하는 고통스러운 글쓰기야말로 문제의 근본 원인을 제거하는 방법이 아닐까. 글쓰기는 알몸으로 자신을 바라보는 나르키소스의 시선을 갖는 일이다. 영혼의 바닥을 드러내는 일이기 때문에 아무것도 숨길 수 없는 가장 내밀한 고백이다. 경험한 것, 아는 것, 생각한 것, 느낀 것 이상을 쓸 수 없다는 자명한 논리 앞에 모든 허세와 거품과 가면은 무력해진다. 그래서 사람들은 글을 쓰지 않는지도 모른다. 어렵기 때문이 아니라 두렵기 때문에 말이다.

셰퍼드 코미나스는 《나를 위로하는 글쓰기》에서 "글쓰기를 통해 당신 안에 잠자고 있는 예술가를 만난다는 거창한 목표는 필요 없을지 모른다. 당신에게 필요한 것은 치유를 통한 마음의 평화로, 이미 수많은 경험자들이 효과를 증언하고 있다. 진정으로 치유를 원한다면 펜과 종이, 그리고 글을 쓰겠다는 각오만 있으면 된다."라고 말한다. 심리 치료를 위해 글쓰기를 활용한 애덤스는 '치료적 글쓰기의 10가지 요소'로 '지속성, 해방감, 신뢰

¶　박미라, 《치유하는 글쓰기》, 한겨레출판, 2008.

사적인 글쓰기를
시작하는 당신에게

성, 반복, 현실 받아들이기, 나 자신과의 만남, 대화–다시 시선을 밖으로, 자의식과 자존심, 투명성, 치료의 증거'¶를 꼽는다. 당신이 쓰는 글은 문학적 감수성을 드러내기도 하지만 상처 난 마음을 어루만지는 위로와 치유의 역할도 한다. 사적인 글쓰기는 타인의 위로가 아니라 자기 면역 능력을 길러 주체적 인간으로 거듭나는 허물벗기 과정이다.

사람들과 '관계'를 맺으면서 입은 상처, 승자 독식 시대가 안긴 패배감, 자본주의가 심은 욕망, 생의 부조리와 환멸, 허무와 좌절. 이 모든 삶의 조건을 온전히 당신 스스로 치유해야 한다. 타인이 주는 위로와 행복은 영원하지 않다. 홀로 서지 못하면 둘이 나란히 서도 불행하다. 무한 반복되는 시시포스의 삶을 극복하려면 쉼 없이 달려야 하는 고통의 트레드밀treadmill을 멈춰야 한다. 전원 버튼을 찾든가 두려움을 이기고 뛰어내리는 방법밖에 없다.

나는 일주일에 몇 번씩 스스로 고문 기계에 오른다. 러닝머신 위를 달리며 뉴스와 영화, 예능을 보기도 한다. 헬스장에 있는 러닝머신은 19세기에 쓰던 트레드밀에서 유래했다. 당시 죄수들은 경사진 산을 오르듯 24개의 바퀴살을 오르며 거대한 원통형 기계를 돌렸다. 트레드밀은 이렇게 곡물을 빻고 물을 퍼 올

¶   루츠 폰 베르더·바바라 슐테-슈타이니케 지음, 김동희 옮김, 《날마다 글쓰기》, 들녘, 2016.

리면서 수동 모터 역할을 했다.

형벌 도구가 현대인의 건강을 지키는 유용한 수단이 되었듯이, 글쓰기는 지루하고 고통스러운 훈련이 아니라 위로와 치유의 도구다. 글쓰기는 내 안에 있는 수많은 '나'와 대면하게 해 준다. 이제 진짜 당신의 이야기를 써 보자. 직시하지 않으면 치유되지 않는다.

한 편의 글은 어떻게 완성되는가?

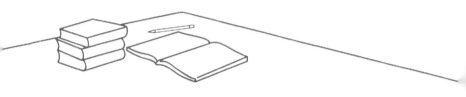

조선 시대의 고전소설은 정형화되어 있다. 주인공은 재자가 인才子佳人이며 결말은 권선징악勸善懲惡이다. 내용은 다양하지만 대부분 성리학적 세계관을 반영한 전통과 윤리를 내세운다. 허균의 《홍길동전》이나 박지원의 《양반전》과 《호질》처럼 사회 체제에 도전하고 규범과 제도를 비판하는 소설은 18세기 후반에 비로소 등장했다. 새로운 세계 인식을 바탕으로 근대의 기틀이 잡히던 시기였기 때문이다. 늘 교훈적이고 도덕적인 결말이 예상되는 현대 소설을 누가 읽겠는가. 극적 반전만이 정답은 아니지만 대부분의 독자는 예상치 못한 결말을 기대하지 않을까?

열린 결말은 읽는 사람을 때때로 허무하게 한다. 글쓴이가 결론을 내려 주지 않고 독자에게 생각의 방향만 제시하는 경우가 그렇다. 문학이든 비문학이든 이런 결말은 충분히 가능하다.

글의 내용과 주제, 종류와 방법에 따라 결론을 맺는 방법은 다양하다. 따라서 글을 쓰는 사람은 결론을 정해 놓고 토끼몰이를 하는 대신 글을 쓰는 과정에서 결말이 달라질 가능성을 열어 두는 편이 좋다. 계획한 대로 인생이 흘러가지 않는 것처럼, 글을 쓰는 과정에서 쓰는 사람의 생각도 얼마든지 달라질 수 있기 때문이다.

» 프로크루스테스의 침대

그리스·로마 신화에는 프로크루스테스라는 악당이 나온다. 그의 이름은 '늘리는 자'라는 의미다. 프로크루스테스는 길 가는

사적인 글쓰기를
시작하는 당신에게

여행자들을 집으로 초대해 쇠로 만든 침대에 눕혔다. 여행자의 키가 침대보다 작으면 여행자의 다리를 잡아당겨 침대에 맞추고, 침대보다 크면 침대에 맞도록 다리를 잘랐다. 여기서 '프로크루스테스의 침대'라는 말이 비롯했다. 이는 자신의 기준에 맞추어 다른 사람에게 생각과 행동을 강요하는 행위를 상징한다. 신화 속 프로크루스테스는 자신이 만든 침대에서 타인을 해치던 방식대로 테세우스라는 영웅에 의해 죽는다. 잘못된 신념과 고정관념은 타인을 고통스럽게 할 뿐 아니라 자기 자신마저 파멸의 길로 이끈다.

사적인 글쓰기가 '폐쇄적 자기 강화 메커니즘'을 위한 도구는 아니었으면 좋겠다. 신념이 강한 사람, 옳고 그름이 분명한 사람, 윤리적 기준이 철저한 사람, 종교적 도그마에 빠진 사람의 글은 그 이외의 다른 가능성을 배제할 위험성을 내포한다. 글쓰기는 하나의 프레임을 버리고 생각의 틀을 깨는 과정이다. 그러므로 나와 다른 관점을 인정하고 다양한 생각을 수용하는 노력이 필요하다.

글쓰기는 새로운 삶을 향한 도전이자 낯선 생각과 감정을 만나는 일이다. 한 편의 글로 인생이 송두리째 바뀌진 않는다. 그러나 한 편의 글을 쓸 때마다 갇힌 생각이 열리고 편견이 사라진다면 당신의 글쓰기가 아름답게 마무리될 수 있다고 믿는다.

한 편의 글을 완성하면서 신경 써야 하는 점은, 구조와 내용이 아니라 당신의 생각과 감정의 변화다. 헝클어진 생각과 혼란스러운 감정으로는 글을 완성하기 어렵다. 정리되지 않은 생각이지만 두려움 없이 쏟아 내고 자신을 객관적으로 바라보는 과정이 필요하다. 완결성 있는 글을 쓰고 싶다면 끊임없이 고치고 다듬고 정리해야 한다. 하나의 단락에 하나의 중심 생각만 쓰는 연습을 하자. 한 단락의 분량과 길이가 다른 단락과 조화와 균형을 이루었는지도 점검하자. 처음부터 끝까지 각 부분이 유기적으로 연결되었는지 살피자. 통일성 있게 주제를 향해 나아가는 당신의 글은 잘 정리된 생각과 감정의 고백이다.

아리스토텔레스가 《시학》에서 극의 구성법으로 제시한 '서론-본론-결론'의 3단 구성, 한시漢詩에서 차용한 '기-승-전-결'의 4단 구성, 주로 소설에서 이야기를 풀어내는 방법인 '발단-전개-위기-절정-결말'의 5단 구성을 사용한다고 해서 글이 무조건 단단해지지는 않는다. 무엇보다 본문의 내용과 구성이 탄탄해야 글의 완성도가 높다. 문장과 표현이 깔끔하고 이야기의 흐름이 자연스러운 글은 도입과 결론도 어색하지 않다. 자기 생각이나 글의 목적을 먼저 밝히는 두괄식, 과정과 절차를 설명하고 마지막에 결론을 맺는 미괄식 같은 형식을 너무 고민할 필요는 없다. 병렬식으로 늘어놓으면 어떤가. 글의 목적과 내용에 따라 적절하게 활용하면 된다. 글의 형식과 내용이 조화를 이뤄야 글의 완결성이 높아진다.

　사적인 글쓰기에는 결말이 없을 수도 있다. 경우에 따라서는 완성된 글이 아니어도 좋다. 소소한 일상, 보고 듣고 먹고 느낀 것을 기록하고 정리하는 그 자체에 목적을 둘 수도 있기 때문이다. 짧은 메모와 단상을 적어도 좋다. 조각난 생각을 모아 나중에 한 편의 글을 완성하는 데 활용할 수도 있다. '한 편의 글을 완성해야 한다.'라는 부담을 버리면 조금 더 쉽고 가볍게 쓸 수 있다. 그러니 당신 삶에서 의미 있고 소중한 일에 대한 생각과 감정을 '정리'해 보면 어떨까? 그 과정에서 당신은 또 한 뼘 성숙할 수 있을 테니까. 그것이 사적인 글쓰기를 완성하는, 한 편의 글을 맺는 좋은 방법이다.

　순수한 감정을 충분히 토로했다면 이제 한 편의 글을 완성하는 단계로 한 발 더 나아가 보면 어떨까. 우선 짧은 글쓰기를 자주 시도해 보자. 분량에 대한 부담을 덜고 완결된 글을 쓰는 연습이 먼저다. 헤밍웨이가 친구들과 내기를 했다는 풍문이 떠도는 글을 여기에 소개한다. 세상에서 가장 짧은, 여섯 단어짜리 소설이다.

　For sale : Baby shoes. Never worn.

이것이 소설 전문이다. '중고나라' 사이트에 아기 신발 한 켤레가 올라왔다고 가정해 보자. 그런데 미개봉 신상이다. 한 번도 신은 적이 없는 새 제품을 판다. 사람들의 상상력을 자극한다. 아이의 신발을 미리 준비한 사람은 아버지일까, 할머니일까? 아이가 죽었을까? 걷기도 전에 어딘가로 떠나보냈을까? 해외로 입양을 보낼 수밖에 없는 사연이 있을까? 군더더기 없이 간결한 단 한 문장으로 이야기를 만들었고 행간에 감동을 숨겼다. 헤밍웨이에겐 여섯 단어면 충분했다. 글의 분량으로 완성도를 가늠할 수는 없다.

쉽게 시작하고 빨리 포기하는 사람이 있고, 신중하게 고민하다 천천히 시작하지만 반드시 끝장을 보는 사람이 있다. 당신은 어느 쪽인가? 이 책을 읽으며 수많은 고민 끝에 여기까지 왔다면 후자에 가까운 사람이라고 믿는다. 사적인 글쓰기는 대단한 결심도 많은 비용도 넓은 공간도 넉넉한 시간도 필요치 않다. 지금과 다른 삶에 대한 열망이면 충분하다. 침대에 기대서도 좋고 카페 의자에 앉아서도 좋다. 기차를 타고 여행 중이라면 어떤가. 단 한 번뿐인 삶을 '축제'로 즐기는 마음도, 어차피 인생은 '비극'일 뿐이라는 냉소도 좋다. 당신의 머릿속에서 이미 시작된 글쓰기를 멈추지 말고 계속해 보자. 내일은 없다.

4부
_____
사글사글 상담실
_____

¶ '4부 사글사글 상담실'은 블로그(http://cognize.pe.kr/)에 신청한 지원자, 독서 모임과 글쓰기 강의에서 만난 분들의 글쓰기에 도움을 드린 내용을 담았습니다.

¶ 지면 한계상 이 책에는 상담 과정의 일부를 발췌하여 실었습니다. 자연스러운 상담 과정을 보여 드릴 수 있도록 상담자들의 원고는 최소한의 교정만 거쳤습니다.

¶ 213쪽의 〈소개팅〉, 230쪽의 〈그릇〉은 상담 Before & After 원고를 모두 실었습니다. 사글사글 상담실을 방문한 독자 여러분도 초고와 상담 이후의 원고를 비교해 보세요. 객관적 시선으로 타인의 글을 읽어 보고 '나의 글쓰기'에 대해 생각해 보시기 바랍니다.

Before

소개팅

연정

그의 이야기

4년 정도 만났던 여자친구로부터 '더 이상 사랑하지 않는 것 같아'라는 통보를 받아 들인지 2년째. 몇 달 전, 짧은 연애도 여자친구의 일방적 통보로 끝난 터라, 저는 상당히 외로우면서도 자포자기한 상태였습니다. 후배에게 지나가는 말로 소개팅을 해줄 수 있느냐 물었더니 그날 저녁 연락이 왔습니다. 자신과 친한 누나인데, 한번 만나보라는 것이었지요. 그녀가 저보다 연하라는 얘기만 들은 채, 우선 사진을 주고받았습니다. 저도 썩 잘 나온 사진을 보내지는 않았지만, 사진 속 그녀는 딱히 저의 구미를 당기는 외모는 아니었습니다. 며칠정도 연락을 주고받다

사글사글 상담실

가 주말에 만나기로 약속을 했습니다. 그녀는 아담한 키이지만 구두를 신어 작은 키를 보완하여, 전체적인 밸런스가 나쁘지 않은 사람이었습니다. 그렇다고 아주 마음에 쏙 드는 외모는 아니었지만요. 우리는 제가 미리 찾아 둔 레스토랑으로 향했고, 식사를 하는 내내 저는 그녀를 관찰했습니다. 그녀는 어색한지 식사를 잘 하지 못했지만, 본인은 어색한 자리에서는 다소 이렇다며, 저에게 신경 쓰지 말고 식사를 하라고 했습니다. 제가 하는 밀에 곧잘 웃어주며 반응해주어서 저는 '말 할 맛이 난다'라고 느꼈던 것 같습니다. 그러니까, 그녀는 반응이 좋은 사람이었습니다. 또, 그녀는 자주 눈을 깜빡였는데, 큰 눈을 빠르게 깜빡이는 게 참으로 예쁘다고 생각했습니다. 그러니까, 저는 그녀와 약간의 대화를 나눈 뒤, 그녀에게 반하게 된 것이지요. 식사를 마치고 이대로 헤어지기는 아쉬웠습니다. 우리는 2차로 그녀가 추천하는 맥주집에 갔습니다. 알코올 앞에서 그녀는 다소 조심스러워 보였습니다. 맥주집에서 우리는 이런저런 대화를 나눴습니다. 우리는 꽤나 비슷한 점이 많았는데, 그녀는 저에게 결혼생각은 있느냐 물었습니다. 결혼생각이 없다고 말했더니 그녀는 씩 웃으며 자신도 그렇다고 했습니다. 전 여자친구는 결혼을 서둘러 하고 싶어 했기 때문에 취준생이었던 저와 헤어졌습니다. 직장인이 된 지금, 결혼관이 맞는 그녀가 저는 마음에 들었습니다. 어쩌면 전 여자친구에게 받은 상처를 담아두고 있었는지 모르겠습니다. 아무튼 술자리마저 파하고, 저는 그녀에게 집까지 데려다주어도 괜찮겠느냐 물어보았습니다. 그녀는 잠시 머뭇거리다가, 그래도 괜찮노라 말했고, 저는 그녀를 집 앞까지 데려다주었습니다. 그녀가 집에 들어가기 전, 그녀에게 'Y씨가 너무 마음에 드는데, 다음에 영화 보러 같이 가요' 하고 말했습니다. 그녀는 알겠노라 대답하였습니다. 그녀가 집에 들어가고 난 뒤, 생전 처음 와보는 동네에서 택시를 타고 집으로 향하면서 느꼈던 그때의 그 설렘은 잊을 수가 없을 것 같습니다.

그녀의 이야기

약 2년간의 시험 준비가 실패로 끝나고 저는 복학을 해야 했습니다. 2년 여 만의 복학이라 모든 것이 낯설고, 이미 저는 고학번이 되어있었습니다. 학기가 끝나갈 즈음, 후배가 저에게 소개팅을 해볼 생각이 없느냐 물었습니다. 가볍게 물어봤던 것 같은데, 학기가 끝나고 나면 다시 시험준비를 해야 했던 저는, '시험 준비하기 전에 한번 놀고 오자'라는 가벼운 생각으로 그러겠고마 했습니다. 그런데 후배가 보내온 사진 속의 그는 전혀 제 취향의 남자가 아니었습니다. 거절하고 싶었지만, 이미 사진을 본 이후라서, 거절하기도 애매했습니다. '에라, 모르겠다' 하는 마음으로 약속을 잡고 나갔는데, 웬걸. 커피숍 앞에 서있겠다는 남자는 작달막한 키에, 마른 몸의 전혀 제 취향에는 맞지 않는 남

사글사글 상담실

자였습니다. 게다가 약속을 잡는 과정에서도 어느 레스토랑을 예약할지 전혀 알려주지 않아서, '다소 마초적인 사람인가?'라고 생각했는데, 웬걸. 레스토랑도 딱 그런 스타일의 마초○○이라는 곳이었습니다. 처음 보는 사람과의 식사자리는 아무래도 불편한 지라, 그가 먹는 모습을 관찰하며 대화에 집중했습니다. 그는 스테이크를 먹기 좋은 크기로 잘라주고, 잘 먹지 못하는 저를 걱정해주었습니다. 첫인상은 그저 그랬지만, 대화를 하며 찬찬히 살펴보니, 그는 퍽 매력적인 외모의 소유자였습니다. 또, 나름대로 대화거리도 풍부하여 적당히 반응해주며 괜찮은 시간을 보냈지요. 저는 '소개팅은 여자가 얻어먹는 자리'라는 고정관념 아닌 고정관념이 싫어서 2차는 제가 내겠다며, 차 한 잔 하겠냐던 그를 맥주집으로 데려갔습니다. 첫 만남에 실수를 할까 두려워 저는 술을 자제했는데, 그는 그 모습을 다소 아쉬워했던 것 같습니다. '만땅 취하셔도, 대학 때 이런저런 주정뱅이들을 봐와서 괜찮아요'라는 그의 말에 안도를 느끼며 이런 저런 이야기를 나누었습니다. 술자리마저 파하고 집으로 돌아가는 길. 버스 정류장에서 그는 집까지 데려다주겠노라 했습니다. 집에 가는 버스에 나란히 앉아 그는 저의 얼굴을 유심히도 쳐다보더군요. 어쩌면 저는 그 눈빛에 반했는지도 모르겠습니다. 집 근처 정류장에 내려, 낯선 곳에서 집으로 돌아가야 할 그가 걱정되어 택시를 잡아주려 했는데, 그는 저의 행동을 경계심으로 받아들였던 것 같습니다. 저는 그 경계심을 풀어주고자 아파트 앞까지 그의 에스코트를 기꺼이 받았습니다. 그는 '저 Y씨가 너무 마음에 드는데, 다음에 영화 보러 같이 가요'라며 저의 손을 덥석 잡았습니다. 저는 다소 당황하여 알겠다고 얼버무리고 집으로 들어왔습니다. 집으로 걸어 들어가면서, 어쩌면 내 뒷모습을 지켜보고 있을 지도 모르는 B가 신경 쓰였습니다.

사랑 이야기는 동서고금을 막론하고 가장 친숙하게 관심을 이끌어 낼 수 있는 소재입니다. 더구나 '3포 세대'라는 별칭이 붙을 만큼 20대의 삶이 녹록치 않다는 사실을 누구나 잘 알고 있습니다. 소개팅 경험 사이사이에 드러나는 그 고민의 조각들이 글을 더 풍성하게 만들었습니다. 무엇보다도 글의 아이디어와 상상력이 좋았습니다. 소개팅 상황이라면 남자든 여자든 상대방의 속마음이 궁금하고 자신의 모습이 어떻게 보일지 알고 싶겠죠. '남자가 여자를 보는 눈'과 '여자가 남자를 보는 눈'이 다르다는 사실을 참신하게 표현한 글이라 흥미로웠습니다.

구성의 묘미를 적극적으로 즐기세요

연정 님은 〈그의 이야기〉에서 남자의 관점으로 그날을 회상합니다. 그녀를 만나기 전까지 남자의 간단한 연애사, 그녀를 소개받은 과정, 둘이 주고받은 사진과 메시지, 만남에서 배웅까지 소상히 기억합니다. 물론 그에게서 들은 이야기를 재구성한 것이겠지요.

°
218

그런데 문제는 가장 중요한 '그'의 심리 상태의 변화가 와닿지 않는 다는 점입니다. 주관적 심리와 객관적 상황을 구별하고 적절하게 안배하면 더 흥미로운 글이 될 것 같습니다. 〈그녀의 이야기〉는 비교적 심리 상태의 추이를 쉽게 따라갈 수 있었습니다. 소개팅에 대한 망설임, 그에 대한 인상, 첫 만남과 순간순간의 느낌이 잘 드러납니다. 이런 구성의 글은 글쓴이가 '그'인지 '그녀'인지 알 수 없어야 재미있지 않을까요? '그'와 '그녀'의 심리 상태를 비교하고 같은 장면에서 서로 다른 반응을 보이는 모습을 잘 그린다면 더 큰 재미를 줄 수 있을 겁니다.

나누기의 기술을 발휘해 보세요

글 전체가 한 문단으로 구성된 형식에 수정이 필요합니다. 장면마다 문단을 나누고 시간 순서가 아니라 감정 변화에 따라 이야기를 배열해 보면 어떨까요? 소개팅 전후 상황으로 나누어도 좋고 생각의 변화에 따라 구성해도 좋습니다. 어느 쪽이든 글의 시작과 마무리를 염두에 두고 이야기를 재구성해 보세요. 😊

After

소개팅

연정

그의 이야기

초여름의 산뜻한 날씨에 설렘을 안고 시작했던 우리의 관계. 이제는 추워진 날씨만큼이나 차갑게 식어버렸지만요. 저를 사랑으로 채워주고, 피곤한 하루의 끝에 포근한 안식이 되어줬던 그녀는 어느새 무엇이든 챙겨주어야 하는 어린아이가 되어있었고, 목표를 잃고 방황하는 모습은 더 이상 매력적으로 느껴지지 않았습니다. 그런 그녀가 저는 귀찮았고, 내심 그녀에게 질려 있기까지 했습니다. 오늘 그녀에게 하지 말아야 할 이야기를 했습니다. 눈물을 가득 머금은 눈으로 저를 바라보던 그녀는, 눈물을 삼키지 못한 채 소리 내어 울었습니다. 그런 그녀를 달래 집으로 데려다 주고 집으로 돌아가는 차 안. 그녀를 처음 만났던 초여름의 어느 날이 떠올랐습니다. 그때의 저는 정말이지 그녀에게 푹 빠져있었습니다.

그녀와 저의 첫 만남은 딱히 특별하지는 않았습니다. 4년 정도 만났던 여자친구로부터 '더 이상 사랑하지 않는 것 같아'라는 통보를 받아 들인지 2년째. 몇 달 전, 짧은 연애도 당시 여자친구의 일방적 통보로 끝난 터라, 저는 상당히 외로우면서도 자포자기한 상태였습니다. 후배에게 지나가는 말로 소개팅을 해줄 수 있느냐 물었더니 그날 저녁 연락이 왔습니다. 자신과 친한 누나인데, 둘이 잘 어울릴 것 같다며 한번 만나보라는 것이었지요.

그녀가 저보다 연하라는 얘기만 들은 채, 우선 사진을 주고받았습니다. 저도 썩 잘 나온 사진을 보내지는 않았지만, 사진 속 그녀는 딱히 저의 구미를 당기는 외모는 아니었습니다. 주말에 만나기로 약속을 잡아놓고, 며칠 동안 이런저런 이야기를 나누었습니다. 그녀는 꽤나 세심한 타입의 사람인 듯했는데, 제가 좋아한다고 했던 만화책을 며칠 사이에 읽어보았다며 감상을 전하더군요. 이 얘기를 듣고 퍽 놀랐습니다. 보통은 추천을 받아도 행동에 옮기는 사람이 별로 없으니까요. 이 부분에서 그녀에 대한 기대감이 약간은 생겼던 것 같습니다.

주말. 저는 약속 장소에 도착하여 어느 커피숍 앞에 서있겠노라 했고, 몇 분 뒤 한 여성이 제가 서 있는 쪽을 향해 걸어왔습

사글사글 상담실

니다. 저와 눈이 마주치자 어색한 듯 웃는 그녀는 아담한 키이지만 구두를 신어 작은 키를 보완하여, 전체적인 밸런스가 나쁘지 않은 사람이었습니다. 그렇다고 아주 마음에 쏙 드는 외모는 아니었지만요. 우리는 어색한 인사를 한 뒤, 제가 미리 찾아 둔 레스토랑으로 향했습니다.

식사를 하는 동안 저는 그녀를 관찰했습니다. 긴 머리를 느슨하게 묶고 분홍색 블라우스를 입은 그녀는 쑥스러운지 눈을 잘 마주치지 못했습니다. 그녀는 자주 눈을 깜빡였는데, 큰 눈을 빠르게 깜빡이는 게 참으로 예쁘다고 생각했습니다. 그녀는 소개팅 자리가 어색한지 식사를 잘 하지 못했지만, 본인은 어색한 자리에서는 다소 이렇다며, 저에게 신경 쓰지 말고 편하게 식사를 하라고 했습니다. 당시 그녀는 제가 하는 말에 곧잘 웃어주며 반응해주어서 저는 '말 할 맛이 난다'라고 느꼈던 것 같습니다. 그녀라면 제가 무슨 말을 해도 귀 기울여 들어줄 것 같았기 때문이지요. 저는 그녀와 약간의 대화를 나눈 뒤, 이내 그녀에게 반하게 되었습니다.

식사를 마치고 이대로 헤어지기는 아쉬웠습니다. 저는 그녀가 마음에 들었지만, 그녀의 의중은 아직 알 수 없으므로 우선은 차를 마시러 가자고 했습니다. 그녀는 잠시 머뭇거리더니, 차보다는 맥주를 한 잔 하러 가는 것이 어떻느냐 물었습니다. 저야 거절할 이유가 없었습니다. 우리는 2차로 그녀가 추천하는 맥주

집에 갔습니다. 하지만 알코올 앞에서 그녀는 다소 조심스러워 보였습니다. 맥주 집에서 약간의 시간을 더 보내며 우리는 이런 저런 이야기를 나눴습니다. 저는 자연스러운 스킨십을 유도하기 위해 고전적인 수법인 '손금보기'를 시도하기도 했습니다. 섬섬 옥수. 그녀의 예쁜 손은 작고 부드러웠습니다.

그녀는 저에게 보통 소개팅에서 피하라고 하는 질문을 몇 가지 하기도 했습니다. 정치, 종교 그리고 결혼관. 그녀가 제게 결혼생각은 있느냐 물었을 때, 저는 결혼생각은 없다고 말했습니다. 그녀는 저의 대답에 만족했는지 씩 웃으며 자신도 그렇다고 했습니다. 전 여자친구는 결혼을 서둘러 하고 싶어 했기 때문에 취준생이었던 저와 헤어졌습니다. 직장인이 된 지금, 결혼관이 맞는 그녀가 저는 마음에 들었습니다. 그 밖에도 당시에는 이런저런 비슷한 점이 많다고 생각했던 것 같습니다.

술자리마저 파하고, 저는 그녀에게 집까지 데려다주어도 괜찮겠느냐 물어보았습니다. 그녀는 잠시 머뭇거리다가, 그래도 괜찮겠노라 했고, 저는 그녀를 집 앞까지 데려다주었습니다. 그녀가 집에 들어가기 전, 그녀에게 'Y씨가 너무 마음에 드는데, 다음에 영화 보러 같이 가요' 하고 말했습니다. 그녀는 알겠노라 대답하였습니다. 그녀가 집에 들어가고 난 뒤, 생전 처음 와보는 동네에서 택시를 타고 집으로 향하면서 느꼈던 그때의 그 설렘은 잊을 수가 없을 것 같습니다.

사글사글 상담실

지금 우리의 관계는 어쩌다 이렇게 된 걸까요? 오랜만에 설렘을 느끼게 해준 그녀에게, 처음의 저는 무엇이든 해주고 싶었고, 항상 웃게만 해주고 싶었습니다. 지금은 그때의 설렘은 온데간데없고, 제 모습도 온통 무심함뿐입니다. 눈물이 많은 그녀는 아마 수많은 밤을 베개를 적시며 잠이 들었겠지요……. 우리의 관계에 '리셋' 버튼이 있으면 좋겠다는 생각이 드는 요즘입니다.

그녀의 이야기

이제는 그와 함께한 지 어느덧 200일. 취업 준비에 열중해야 한다는 생각에 처음에는 그를 만나면서 마음이 무거웠습니다. 그 마음에 가려져 있던 그에 대한 마음을 뒤늦게 알아버린 것이 아쉽네요. 짧지도 길지도 않았던 반년 동안 참 많이도 싸웠던 것 같습니다. 그의 무심함을 혼자서는 감당하기 어려워 어렵게, 어렵게 입을 열었던 날. 화가 난 듯한 그는 마음이 식은 지 오래라고 했습니다. 순간 머리가 띵 했습니다. 그 추웠던 날, 눈물이 멈추질 않아 길 한가운데 서서 많이도 울었습니다. 퉁퉁 부은 눈으로 집에 들어온 그날. 끝을 생각하며 떠올린 그와 저의, 우리의 처음의 모습입니다.

2년간의 시험 준비가 실패로 끝나고 저는 복학을 해야 했습니다. 2년 여 만의 복학이라 모든 것이 낯설었고, 이미 저는 고학번이 되어있었습니다. 학기가 끝나갈 즈음, 후배가 저에게 소개팅을 해볼 생각이 없느냐 물었습니다. 가볍게 물어봤던 것 같은데, 학기가 끝나고 나면 다시 시험준비를 해야 했던 저는, '시험 준비하기 전에 한번 놀고 오자'라는 가벼운 생각으로 그러겠고마 했습니다. 그런데 후배가 보내온 사진 속의 그는 전혀 제 취향의 남자가 아니었습니다. 거절하고 싶었지만, 이미 사진을 본 이후라서, 거절하기도 애매했습니다. '에라, 모르겠다' 하는 마음으로 약속을 잡고 나갔는데, 웬걸. 커피숍 앞에 서있겠다는 남자는 작달막한 키에, 마른 몸의 전혀 제 취향에는 맞지 않는 남자였습니다. 게다가 약속을 잡는 과정에서도 어느 레스토랑을 예약할지 전혀 알려주지 않아서, '다소 마초적인 사람인가?' 라고 생각했는데, 웬걸. 레스토랑도 딱 그런 스타일의 마초○○이라는 곳이었습니다.

처음 보는 사람과의 식사자리는 아무래도 불편한지라, 그가 먹는 모습을 관찰하며 대화에 집중했습니다. 그는 스테이크를 먹기 좋은 크기로 잘라주고, 잘 먹지 못하는 저를 걱정해주기도 하였습니다. 사실 그의 첫인상은 그저 그랬지만, 대화를 하며 찬찬히 살펴보니, 그는 퍽 매력적인 외모의 소유자였습니다. 또, 나름대로 대화거리도 풍부하여 적당히 반응해주며 괜찮은 시간을 보냈지요. 저는 '소개팅은 여자가 얻어먹는 자리'라는 고정관념 아닌 고정관념이 싫어서 2차는 제가 내겠다며, 차 한 잔 하겠냐던 그를 맥주 집으로 데려갔습니다.

사글사글 상담실

첫 만남에 실수를 할까 두려워 저는 술을 자제했는데, 그는 그 모습을 다소 아쉬워했던 것 같습니다. '만땅 취하셔도, 대학 때 여러 주정뱅이들을 봐와서 괜찮아요'라는 그의 말에 안도를 느끼며 이런 저런 이야기를 나누었습니다. 사실 공통분모가 없기도 했고, 저는 대화거리가 많지 않아 그의 이야기를 주로 들어주었습니다. 그의 이야기들은 제가 관심이 없는 분야였기 때문에 솔직히 조금 지루했습니다. 그 와중에 손금을 봐주겠다는 그의 말에 빵 터지고 말았습니다. 그는 손이 꽤 작은 편이었습니다. 작지만 믿음직한 단단한 손. 그렇게 생각했습니다.

술자리마저 파하고 집으로 돌아가는 길. 버스 정류장에서 그는 집까지 데려다주겠노라 했습니다. 집에 가는 버스에 나란히 앉아 그는 저의 얼굴을 유심히도 쳐다보더군요. 어쩌면 저는 그 눈빛에 반했는지도 모르겠습니다. 집 근처 정류장에 내려, 낯선 곳에서 집으로 돌아가야 할 그가 걱정되어 택시를 잡아주려 했는데, 그는 저의 행동을 경계심으로 받아들였던 것 같습니다. 저는 그 경계심을 풀어주고자 아파트 앞까지 그의 에스코트를 기꺼이 받았습니다. 그는 '저 Y씨가 너무 마음에 드는데, 다음에 영화 보러 같이 가요'라며 저의 손을 덥석 잡았습니다. 저는 다소 당황하여 알겠다고 얼버무리고 집으로 들어왔습니다. 집으로 걸어 들어가면서, 어쩌면 내 뒷모습을 지켜보고 있을 지도 모르는 B가 신경 쓰였습니다.

서로 비슷한 마음의 크기를 가진 연인이 되는 것은 사랑을 하고자 하는 이들이라면 누구나 바라는 가장 이상적인 모습일 것입니다. 불행하게도 마음의 크기는 미리 알아보거나, 재볼 수가 없기 때문에 관계가 어느 정도 진척이 된 이후에나 알 수가 있습니다. 마음의 크기가 달라도 연인관계가 유지될 수는 있지만, 항상 더 좋아하는 사람은 자신이 '을'이라고 느낄 수밖에 없습니다. 하지만 이런 갑을 관계는 연인 사이의 갈등을 통해 뒤집히기도 합니다. 처음에 저는 남자친구의 마음이 너무 커서 부담스러웠습니다. 시도 때도 없이 전화를 해대고, 매일 보고 싶다며 집 앞에 찾아오겠다고 하는 그의 행동이 당황스러웠습니다. 하지만 두어 차례의 큰 다툼 이후에 우리의 갑을 관계는 뒤바뀌고 말았습니다. 다툼이라는 것이 온전히 한 쪽이 잘못해서 일어나는 경우는 거의 없기 때문에, 저는 그에게만 책임을 묻고 싶지는 않습니다. 처음의 그가 종종 그립기는 하지만요.

사글사글 상담실

두 번째 글을 읽으면서 전체적인 구성과 내용이 풍부해져 깜짝 놀랐습니다. 〈그의 이야기〉와 〈그녀의 이야기〉가 이제 균형이 잡힌 느낌입니다. 이전 글에서 〈그의 이야기〉는 주로 소개팅 전후 상황을 설명하고 〈그녀의 이야기〉는 감정 변화를 따라갔으나, 이번 글에서는 그도 그녀도 이별을 예감한 상황에서 소개팅 첫날을 떠올리는 상황으로 바뀌었습니다. 이별에서 만남까지 시간 구성도 달라졌네요. 시간 순으로 소개팅 상황을 설명하는 대신 만화책, 손금 보기 등 작지만 중요한 에피소드가 추가되어 훨씬 생동감 넘치는 글이 되었습니다.

연정 님의 글을 읽고 오래전 교보문고에서 그녀를 처음 만났던 순간을 떠올렸습니다. 모든 '첫'이 주는 설렘과 흥분 때문일까요. 소개팅을 했던 하루가 고스란히 전해져 누구나 흥미롭게 읽을 만한 글이라고 생각했습니다. 이제 막 사랑을 시작한 두 분의 모습이 떠올라 마음이 따뜻해졌습니다. 그런데 고친 글을 보고 조금 놀랐습니다. 최근의 일이 아니라 과거 회상이라는 사실 때문입니다. 이렇게 글쓰기에는 반전의 매력이 있나 봅니다. 현재 시점에서 지난 여름을 떠올린 이야기였다는 사실에 이유 없이 미안한 마음도 들었습니다.

에세이는 가장 자유로운 형식의 글이어서 그만큼 글쓴이의 개성과 특징이 분명하게 드러납니다. 내용과 적절하게 어울리는 형식을 선택할 수도 있고 분량과 구성도 정해져 있지 않습니다. 초고에서는 전체 글이 한 단락이었는데 문단을 나누고 문장을 다듬어 이전보다 훨씬 부드럽게 읽힙니다. 다만 '-의' 사용에 조금 더 주의하면 좋겠습니다. 외래어, 줄임말, 유행어 등 일상적 대화에서 사용하는 단어에도 신경을 쓴다면 더 깔끔한 글이 될 것 같네요. 반복되는 단어와 표현 등 다시 읽어 보셨으면 하는 부분도 표시했습니다.

현재에서 과거 그리고 다시 현재 상황으로 마무리되어 손바닥 소설처럼 구성이 탄탄해졌고 글의 완결성도 높아졌습니다. 논픽션이지만 좀 더 살을 붙이거나 사건과 갈등을 구체화하면 픽션으로 재구성할 수도 있겠네요. 그와 그녀의 상반된 이야기, 서로 다른 관점, 심리 상태를 좀 더 보완한다면 훌륭한 이야기로 거듭날 것 같습니다.

마지막 부분에 강조한 문장이 빛났습니다. 연정 님이 이 글을 쓴 목적과 내면의 이야기를 진솔하게 드러나고 누구나 공감할 수 있는 내용이라 밑줄을 긋고 싶었습니다. 이제 다음 이야기가 궁금해집니다. 어떤 상황과 관계가 펼쳐지더라도 글쓰기를 통해 상처를 치유하고 현재와 미래를 단단하게 만들어 가시기 바랍니다. 😊

사글사글 상담실

Before

그릿

오아시스

육아를 하면서 깨달은 ②것 중의 하나는 제 말버릇입니다. 아니, 정확하게는 제 마음가짐 혹은 태도 중의 하나였습니다. 아이에게 무언가를 가르치다 잘되지 않을 때, 아이가 자신의 능력 이상의 ②것을 시도했으나 실패하고 속상해 할 때, 제가 쉽게 쓰는 말이었습니다.

"이건 어쩔 수 없네."

솔직히 아이에게 말하는 와중에도 그 말이 크게 잘못되었다는 인지를 하지 못했습니다. 그러다 이 말의 심각성을 깨닫게 된 ②것은 아이의 태도를 보고나서였습니다. 어떤 ②것을 시도할 때 한두 번 해서 잘되지 않으면 쉽게 포기해 버리는 ②것이었습니다. ③아이가 말을 잘하지 못할 때에는 그 태도만으로 이 아이는 포기가 빠른 아이구나...싶어 내심 걱정했었는데, 아이가 말을 하기 시작하면서 아이의 성향만은 아니겠구나...를 느낀 ②것입니다.

"엄마, 이건 어쩔 수 없어."

"엄마, 이건 어쩔 수 없는 거지?"

③아, 이 아이에게 그렇게 빠른 포기를 가르친 ②것은 다름 아닌 엄마인 나 자신이었구나...를 깨닫게 된 것입니다. 안 되는 이유에 대한 적절한 설명을 해 주고, 향후 다시 시도해 볼 수 있는 여지를 주었어야 했음에도 때때로 그런 설명이 귀찮아 그 한마디로 상황을 종결시켜 버린 탓이었습니다. ④깨닫는 순간부터 저는 그 말을 쓰지 않으려 노력했고, 아이에게 인내심 있게, 끈기 있게 노력하는 법을 가르치려 했지만, 한번 배어버린 태도를 고치기란 쉽지 않았습니다.

그에 대한 고민이 깊던 중 우연히 이 책이 눈에 띄었습니다.

'IQ, 재능, 환경을 뛰어넘는 열정적 끈기의 힘'이라니, 어찌 지나칠 수 있었을까요. 저 자신을 위한다기보다는 아이에 대한 생각으로 읽기 시작한 이 책의 내용은 결국 제 자신에게로 귀결되었습니다.

자녀에게 그릿이 생기기를 바란다면 먼저 당신 자신이 인생의 목표에 얼마만큼 열정과 끈기를 가지고 있는지 질문해보라.
(285쪽)

가슴에 와닿는 문장중의 하나입니다. 부모들은 자식들에게 쉽게 바랍니다. ③어떤 것이든 열심히 하길, 집중력이 높길, 공부를 잘하길, 쉽게 포기하는 태도를 가지지 않길 등등... 하지만 중요한 질문은 곧잘 잊어버립니다. 나는 과연 그러했는가, 나는 그렇게 할 실천력이 있는가...라는. 물론 자신이 하지 못한 일이라 하더라도 부모가 된 이상 자식이 잘하도록 이끌어주는 일에 무심하거나 손을 놓을 수는 없겠지만, 이 책을 읽어보면 새삼스럽게 깨닫게 됩니다. 자식을 가르치는 가장 쉬운 일은 부모가 행해야 한다는 사실을 말이지요.

이 책에서 예로 들고 있는 많은 사례들을 보자면, 부모, 스승, 환경, 집단문화 등 사람들의 그릿을 향상시킬 수 있는 변인들이 여럿 존재한다는 사실을 알 수 있습니다.

게다가 그러한 변인들을 바탕으로 재능이 넘치는 천재가 아니더라도 노력으로 성취가 가능하다고 말해주고 있으니 평범한 사람들에게 무척 반가운 희망이 생기게 하는 책입니다.

①경험과 훈련만으로 통상적인 범위를 훌쩍 넘는 탁월한 수준에 어떻게 도달할 수 있었는지 쉽게 이해가 안 될 때 자동으로

사적인 글쓰기

'타고났다'는 분류를 한다. (65쪽)

"모든 완전한 것에 대해 우리는 그것이 어떻게 생겨났는지 묻지 않는다." 니체는 말했다. 대신 "우리는 마치 그것이 마법에 의해 땅에서 솟아난 것처럼 현재의 사실만을 즐긴다." (67쪽)

이 말들은 보이는 노력보다는 보이지 않는 천재성에 스스로 자리를 내어주는 사람들의 심리를 꼬집고 있습니다. ④물론 남들보다 좋은 아이큐, 뛰어난 능력이 있다면 좋은 일이지만, 여러 사례를 통해 그보다는 포기하지 않는 집념, 끈기, 노력 등의 그릿이 성취에 더 중요한 역할을 한다는 것을 보여주고 있습니다. 제가 보기에는 그릿 역시 쉬운 일이 아니지만, 최소한 천재성을 요하지는 않으니 이 주장들이 반가울 밖에요.

제가 제 아이에게 쉽게 했던 "어쩔 수 없네."라던 말들은 결국 지금까지 제게 배어있던 삶의 태도로 그릿이 조금도 없는 말이었던 것입니다. 아이에게 그릿이 아니라, 쉽게 포기하게 만들고 문제를 돌파하기보다는 돌아가거나 피하려는 태도를 가르친 원인이 되고만 ②것이었습니다.

그래서 지금은 아이에게 진지하게 말해주고 있습니다. 할 수 없다고 생각하면 할 수 있는 마음도, 열심히 하고 싶은 마음도 생기지 않아서 잘할 수 있는 일들도 잘할 수 없게 된다고 말입니다.

책장을 덮으며 바랍니다. 지금까지 부족하던 그릇이 하루아침에 채워지지는 않겠지만, 아이에게 욕심 부리기에 앞서 제 자신부터 채울 수 있기를, 말입니다. 물론 이 책에서 언급한-제3부 '내면이 강한 아이'는 어떻게 길러지는가-를 늘 염두에 두는 일도 잊지 말아야겠습니다.

사적인 글쓰기는 '나'로부터 출발합니다. 오아시스 님의《그릿》서평은 아이에 대한 양육 태도를 점검하고 자신의 삶을 성찰한다는 점이 좋았습니다. 책을 읽고 느낀 감상과 깨달음을 반영한 구체적 제목을 붙여 보기 바랍니다.

① 인용 분량과 방법을 점검해 보세요

책에서 인용한 부분이 가슴에 와닿았거나 기억할 만한 구절인지, 글의 내용과 흐름에서 반드시 필요하고 적절한 내용인지 다시 점검해 보면 좋겠습니다. 특히 직접 인용의 경우 서로 다른 페이지 (65쪽, 67쪽)에서 두 군데를 연달아 인용하니 '재능'보다 '그릿'의 중요성을 강조하는 저자의 주장을 명확하게 전달하기엔 조금 부족해 보입니다. '그릿'이 정확히 어떤 의미인지, 그것이 우리 삶에서 왜 중요하고 어떻게 활용 가능한지에 대한 내용을 인용하면 좋겠습니다. 평소에 책을 읽으면서 갈무리하고 싶은 내용을 필사하거나 타이핑을 해서 컴퓨터에 따로 저장하는 습관을 붙여 보세요. 적절한

'발췌'와 '인용'은 특별히 강조하고 싶거나 인상 깊었던 부분을 활용해서 나만의 서평을 쓸 수 있는 효과적인 방법입니다.

② '적·의를 보이는 것·들'에 주의하세요

교정·교열 전문가 김정선은 《내 문장이 그렇게 이상한가요?》의 첫머리에서 '적·의를 보이는 것·들'에 대해 말합니다. 접미사 '-적'과 조사 '-의' 그리고 의존명사 '것', 접미사 '-들'을 습관적으로 쓸 때가 많으니 주의하라는 말이죠. 저도 매번 글을 쓰고 다시 고칠 때마다 신경 쓰는 부분입니다. 오아시스 님의 글에서도 형광펜으로 표시된 '것'들을 잘 살펴보세요.

③ 말줄임표를 아끼세요

말줄임표의 본래 목적은 생략과 여운입니다. 그러나 최근 SNS에서 말줄임표가 빈번하게 사용되면서 그 효과가 줄어들고 있습니다. 오아시스 님도 말줄임표를 여러 번 사용했는데요, 꼭 필요한 곳이 아니면 글을 쓸 때 가급적 말줄임표를 피하세요.

④ 문장의 길이를 살피세요

문장이 길어지면 주어와 서술어의 호응 관계가 어긋나거나 문장의 의미가 모호해집니다. 주어와 서술어 관계가 하나인 단문 쓰기 연습을 한 뒤에, 필요할 때만 복문을 쓰면 어떨까요? 여러 번 반복되는 수식어보다 정확한 표현, 문장과 문장 사이의 매끄러운 연결이 먼저입니다.

저는 글을 쓰고 나면 며칠쯤 묵혀 둡니다. 생각도 글도 발효 과정이 필요하다고 믿거든요. 숙성된 글을 읽으면 마치 남의 글을 읽듯이 조금 더 객관적으로 볼 수 있습니다. 이제 오아시스 님의 글도 발효 과정을 거쳐 다시 고쳐 보세요. ☺

After

그릿: 내 아이에게 물려주고픈 태도

오아시스

육아를 하며 깨달은 일 중 하나는 제 말버릇입니다. 아니, 정확하게는 제 마음가짐 혹은 태도 중 하나라고 할 수 있겠습니다. 아이에게 무언가를 가르치다 잘되지 않을 때, 아이가 자신의 능력 이상의 일을 시도했으나 실패하고 속상해 할 때, 제가 쉽게 쓰는 말이었습니다.

"이건 어쩔 수 없네."

솔직히 아이에게 말하는 와중에도 그 말이 잘못되었다는 인지를 하지 못했습니다. 그러다 이 말의 심각성을 깨닫는 일은 아이의 태도에서 비롯되었습니다. 어떤 일을 시도할 때 한두 번 해서 잘되지 않으면 더 이상 하려하지 않았습니다. 아이가 말을 잘

하지 못할 때에는 그 태도만으로 포기가 빠른 아이구나 싶어 걱정했습니다. 그 우려는 말문이 트인 아이의 언행을 통해 꼭 성향만은 아니겠다는 깨달음으로 바뀌었습니다.

"엄마, 이건 어쩔 수 없어."

아이의 이런 말을 들으며 이 아이에게 빠른 포기를 가르친 사람은 다름 아닌 엄마인 나 자신이었음을 알았습니다. 안 되는 이유에 대한 적절한 설명과, 향후 다시 시도해 볼 수 있는 여지를 주었어야 했음에도 때때로 그런 시도가 귀찮아 그 한마디로 상황을 종결시켜 버린 탓이었습니다. 아이에게 인내심 있게, 끈기 있게 노력하는 법을 가르치려 했지만 한번 배어버린 태도를 고치기란 쉽지 않았습니다.

그에 대한 고민이 깊던 중 우연히 이 책이 눈에 띄었습니다.

'IQ, 재능, 환경을 뛰어넘는 열정적 끈기의 힘'이라니, 어찌 지나칠 수 있었을까요. 저 자신을 위한다기보다는 아이를 위한 생각으로 읽기 시작한 이 책의 내용은 결국 제 자신에게로 귀결되었습니다.

우선, 이 책의 제목인 GRIT이란 무엇인지 알아야겠습니다. 이 책의 편집자께서는 책 초반에 이렇게 설명하고 있습니다.

Grit은 사전적으로 투지, 끈기, 불굴의 의지를 모두 아우르는 개념이다. 그래서 저자가 말하는 '열정과 집념이 있는 끈기'라

사글사글 상담실

는 그릿의 뜻을 한국어의 한 단어로 명확하게 표현하기란 쉽지 않다. 이 책에서는 그릿이라는 단어를 그대로 쓰되, 문맥에 따라 투지와 의지 등으로 번역했다. (29쪽)

다시 말해, 그릿과 정확히 일치하는 한국어가 없다는 것인데, 이 책의 전체적인 맥락에서 보자면 그릿이란 '끝까지 하겠다는 집념', '절대 포기하지 않는 태도'로 말해 볼 수 있을 듯합니다. 그것이 결국 이 책의 부제인 '끈기'와 닿으니까요.

자녀에게 그릿이 생기기를 바란다면 먼저 당신 자신이 인생의 목표에 얼마만큼 열정과 끈기를 가지고 있는지 질문해보라. (285쪽)

이 책 속, 가슴에 와닿는 문장중 하나입니다. 자식에게 모범을 보이라는 식의 흔히 듣는 말이지만, 실천이 쉽지 않지요. 부모는 자식들에게 쉽게 그런 어려움을 바랍니다. 생산적인 일에 열중하고 집중하길, 공부를 잘하길, 쉽게 포기하지 않길 등등. 하지만 중요한 질문은 곧잘 잊어버립니다. 나는 과연 그러했는가, 나는 그렇게 할 실천력이 있는가라는. 물론 자신이 하지 못한 일이라 하더라도 부모가 된 이상 자식이 잘하도록 이끌어주는 일에 무심하거나 손을 놓을 수는 없겠지만, 이 책을 읽어보면 새삼스럽게 깨닫게 됩니다. 자식을 가르치는 가장 쉬운 방법은 부모가 먼저 행해야 한다는 진리를 말이지요.

이 책에서 예로 들고 있는 많은 사례들을 통해 부모, 스승, 환경, 집단문화 등 사람들의 그릿을 향상시킬 수 있는 외부변인들이 여럿 존재한다는 사실을 알 수 있습니다.

게다가 그러한 변인들을 바탕으로 재능이 넘치는 천재가 아니더라도 노력으로 성취할 수 있다 말해주고 있으니 평범한 사람들에게 무척 반가운 희망이 생기게 하는 책입니다. 물론 남들보다 좋은 아이큐, 뛰어난 능력이 있다면 좋겠지만, 여러 사례를 통해 그보다는 그릿이 성취에 더 중요한 요소임을 보여주고 있습니다. 제가 보기에는 그릿 역시 쉬운 일이 아니지만, 최소한 천재성을 강조하지 않으니 이 주장들이 반가울 밖에요.

어쨌든, 제가 제 아이에게 쉽게 했던 "어쩔 수 없네."라는 말은 결국 지금까지 제게 배어있던 삶의 태도로 그릿이 결여된 말이었습니다. 아이에게 빠른 포기와 어려움을 피하려는 태도를 가르친 원인이 되었습니다. 이 책에 나오는 사례를 보더라도 알 수 있듯이, 그러한 태도는 아무리 아이가 뛰어난 학습 태도와 천재성을 가졌다 하더라도 어려움에 직면했을 때 쉽게 무너지고 마는 결과를 초래할 수 있기 때문입니다. 천재성 보다 그릿을 강조하는 이유이지요.

지금은 아이에게 진지하게 말해주고 있습니다. 할 수 없다고 생각하면 할 수 있는 마음도, 열심히 하고 싶은 마음도 생기지 않아서 잘할 수 있는 일들도 잘할 수 없게 된다고 말입니다.

책장을 덮으며 바랍니다. 지금까지 부족하던 그릇이 하루아침에 채워지지는 않겠지만, 아이에게 욕심 부리기에 앞서 제 자신부터 채울 수 있기를. 물론 이 책에서 언급한-제3부 '내면이 강한 아이'는 어떻게 길러지는가-를 늘 염두에 두는 일도 잊지 말아야겠습니다.

헤밍웨이의 말대로 모든 초고는 쓰레기일까요? 대부분 처음 글을 쓰는 분들은 초고를 쓰는 데 오랜 시간이 걸리고 글을 고치는 시간은 아주 짧습니다. 초고를 잘 쓰면 고치지 않아도 되겠다 싶지만 그런 경지가 되려면 수십 년의 세월이 필요할 겁니다.

　오아시스 님이 고쳐 쓴 두 번째 글은 초고보다 문장이 단단해지고 단락의 의미도 명확해졌습니다. 전체적으로 아이를 기르는 '엄마'의 관점으로 쓴 서평이라서 주제가 명확합니다. 육아에 적용할 수 있는 '그릿'이 무엇인지 함께 생각해 볼 수 있었고, 글을 다듬기 위해 깊이 고민한 흔적이 엿보였습니다. 기본적인 문장과 문단 단위의 글쓰기 훈련만 조금 더 해 나가면 한 편의 완성된 글을 쓸 수 있다는 자신감이 생길 겁니다.

　인문학이든 자기계발이든 독자의 '변화'를 이끌어 내는 책이 좋은 책입니다. 그 변화의 목적과 방향을 점검해야겠지만, 독자의 행동을 바꾸고 실천을 유도했다면 그 의미는 충분하지 않을까요? 이 책이 오아시스 님께 장기적 안목을 갖고 열정과 끈기를 가진 아이로 기를 수 있는 토대를 마련해 주었다면 어떤 육아서보다 훌륭한 책으로 기억될 겁니다. 책은 그렇게 모든 개별 독자에게 저마다 다른 의미로 다가갑니다. 서평은 그 지점을 표현하는 글입니다. 객관적 평가도 중요하지만 주관적 판단과 영향을 진정성 있게 드러내야 읽는 사람에게 관심을 유도하고 공감을 얻을 수 있을 테니까요.

　계속해서 좋은 책을 읽고 서평을 쓰면서 한 걸음씩 앞으로 나아가시길 기원합니다. 😊

중경삼림

사실 한 사람을 이해한다 해도 그게 다는 아니다. 사랑은 변하므로

유민선

작년 여름 무렵부터 홍콩 영화를 다시 보고 있다. 초등학생 당시 홍콩영화가 대세였다. 사대천왕이라 불리는 배우들 인기도 대단했고 영화 퀄리티도 나쁘지 않았다. 초등학생이 오우삼 감독, 왕가위 감독 이름을 알 정도였으니 말이다. 비디오 가게에 가면 홍콩 영화가 정말 많았다. 홍콩 느와르물부터 멜로 등 다양했다. 장국영 팬이었던 나는 그가 나오는 영화를 섭렵했고(관람 불가까지!) 아직도 가끔씩 그의 음악을 챙겨듣는다. 좋은 영화가 많았음에도 초딩이 이해하기엔 한계가 있었으리라. 보긴 했는데 영화 내용이 희미하게만 남아있다. 그러다 작년부터 조금씩 다시 보고 있는데, 놀라운 건 지금 봐도 전혀 촌스럽지 않다는 것!

기억을 더듬어보니 아마도 〈색, 계〉를 보고 양조위 눈빛에 반해 그의 영화를 찾아보게 되면서부터였던 것 같다. 의도하지 않았으나 유명한 영화마다 그가 나와서 어쩌다 그의 영화를 쭉 따라보게 되었다. 〈무간도〉, 〈화양연화〉, 〈첨밀밀〉, 〈유리의 성〉, 〈중경삼림〉, 〈해피투게더〉. 다음번엔 〈동사서독〉이다!

〈중경삼림〉은 목요일 그림수업을 하다가 말이 나왔다. 왕페이 헤어스탈을 좋아한 견언니가 이 영화를 추천해줬다. OST부터 대세 출연진, 감독까지 총동원됐으니 그 인기는 하늘을 찌를 듯했다. 나는 본 것 같기도 하고 안 본 것 같기도 하고 기억이 가물가물해 토요일 저녁, 오랜만에 르네씨네를 상영했다.

두 편의 내용이 담겨 있다. 첫 편은 사랑을 잊는 법에 대해 나온다. 기한을 정하고 그 기간까지 주구장창 연락을 하며 매달린다. 기한이 지나면 새로운 사랑이 찾아올까, 반신반의 아니 자포자기를 하며 단념한다. 그리고 지나간 사랑을 잊고자 다른 일에 몰두하거나 무모한 일을 벌인다. 금성무는 달리기를 함으로써 사랑을 잊으려 했고 술집에 처음 들어오는 여자에게 대시를 해봄으로써 무모한 도전을 한다. 영화라서 그런지 그 무모함이 통했다. 현실로도 가능할까? 친구를 보면 가끔은 그런 무모함이 통할 때가 있더라.

사실 한 사람을 이해한다 해도 그게 다는 아니다. 사랑은 변하 므로.

오늘은 파인애플을 좋아하는 사람이, 내일은 다른 걸 좋아하게 될 것이다.

진심은 통한다고 믿을 때가 있었다. 진심으로 좋아하면 상대방이 알아줄 거란 생각이었다. 그랬더라면 사랑 운운하는 소설이며 노래가 절반으로 줄어들었겠지. 사랑은 그렇게 쉽게 이뤄지는 것이 아닌가보다. 사랑의 실패 과정과 잊는 과정과 또 다른 사랑을 시작해야 하는 막막함 가운데 사랑에 자신 없어지는 건 누구에게나 동일할까? 사랑은 변하는데, 그 변하는 사랑이란 게 반드시 나쁜 쪽으로의 변화는 아닐 터. 사랑에 물을 주고 적당한 햇볕과 온도 속에 가꿔가는 사람들 모두가 위대해 보인다. 그러니 실패하더라도 사랑을 자포자기 하지 말지어다, 라고 스스로에게 위로를 건네 본다.

두 번째 편이야말로 이 영화의 하이라이트가 아닐까 싶다. 샐러드 가게 아가씨 왕페이가 날마다 샐러드를 사러 오는 경찰 양조위를 짝사랑하게 된다. 내 주위에는 나를 포함한 짝사랑 전문가들이 많다. 짝사랑은 상대방에게 고백하지 못하고 혼자 끙끙 앓는 사랑이다. 소심한 사랑이라고 짝사랑을 비웃을 수 없다.

웬만한 사랑 못지않게 그 마음이 깊다. (이 영화처럼) 그 진심이 운 좋게 통하면 그거야말로 대박사건! 양조위에게 여자친구가 있는 것을 알고 있어 고백하지 못하지만 우연히 그의 집 열쇠를 얻게 되면서 사랑에 한걸음 나아간다.

양조위의 눈빛 연기보다 이 영화에서는 왕페이가 그를 좋아하는 모습이 관객들에게 설렘으로 다가온다. 그의 집에 들어가 음악 들으면서 청소하고, 물건 바꿔놓고, 신나서 침대에서 들고뛰는 모습이 관객들에게 공감을 준다. 학창시절 수줍게 건네받은 편지, 부끄러워서 친구를 통해 전해준 초콜릿 등 용기 내어 사랑을 표현했을 때와 뜻밖의 사랑의 표현을 받았을 때의 순간들이 떠오르는 것이다. 그런 짝사랑의 설렘을 말이나 글이 아닌 행동으로 함께 지켜보는 소소한 즐거움을 영화에서 찾을 수 있다. 직접 그의 집에 들어가 물건을 만지고 구경하고 심지어 바꿔놓기까지 하면서 행복해하는 모습을 본다. 몸치인 나도 기분이 좋고 설레일 때는 음악에 맞춰 춤도 추고 노래를 부른다. 네 살 조카처럼 좋다는 것을 온 몸으로 표현한다. 너무 좋을 땐 몸도 가만히 있지 못하는가 보다.

복닥복닥한 시장통, 어둠이 깔린 외로운 도시, 찌는 듯한 더위 등 홍콩의 아기자기한 모습들은 청춘들의 자유분방함, 사랑

痛과 잘 어우러진다. 그나저나 그녀는 거의 골인한 듯한 사랑으로부터 왜 도망치듯 떠나왔는가? 모든 영화가 그렇듯 시대적 배경이란 게 있다. 그런 것 없이 스토리 위주의 영화도 있겠다만, 찾아보니 당시 홍콩이 중국으로 반환되기 바로 직전이었다고 한다. 캘리포니아로 떠난 것은 당시 사람들 심정이 어디론가 떠나야 한다는 분위기 때문이라고 한다. 떠나야 할 곳으로는 미국이나 캐나다가 이상적인 곳이었고. 그러나 결국에는 좋은 모습으로 다시 돌아올 거라는 메시지를 담고 있대나 뭐라나.

어쩌면 이 두 편의 에피소드는 사랑을 잊는 법, 그리고 사랑을 다시 맞이하는 법에 대해 말해주는 게 아닐까? 사랑을 잊는다는 건 생각처럼 쉽지 않다. 더 많이 사랑할수록 더 많이 아프다. 금성무나 양조위 모두 사랑했지만 실연의 아픔 속에 있었다. 마치 영원히 다시 사랑하지 못할 것만 같은 그리움과 절망에 빠져 있었다. 그러나 뜻밖의 또 다른 사랑이 찾아와 과거는 점차 잊혀지고 새로운 미래를 향해 다시 일어선다. 인생은 그렇게 롤러코스터 같은 것! 길게 보면 길이 보이는 것!

평소 꾸준히 사적인 글을 쓰고 계신 민선 님의 글을 편안하고 재미있게 읽었습니다. 학창 시절 친구들과 함께 봤던 〈영웅본색〉, 〈천녀유혼〉, 〈첩혈쌍웅〉도 생각났습니다. 저도 홍콩 느와르를 보면서 영화에 관심을 갖기 시작했거든요. 어느 날 접한 장국영의 자살 소식이 사춘기 시절과의 이별을 알리는 듯했습니다.

영화의 장르적 특징을 떠올리며 써 보세요

책, 영화, 공연, 전시 등에는 장르적 특징이 있습니다. 발터 베냐민은 영화를 두고 "기술 복제 시대에 탄생한 예술"이라고 말했습니다. 영화는 전통적 예술에 비해 아우라가 적을 수 있지만, 대중이 언제 어디서나 즐길 수 있다는 장점을 갖습니다. 같은 영화를 언제, 어디서, 누구와 보았는지에 따라 감동과 여운은 전혀 다를 겁니다.

읽고 보고 들은 뒤에 '평가'하는 일은 쉽지 않습니다. 영화 리뷰도 마찬가지죠. 개인적으로 느낀 재미와 감동뿐 아니라 유사한 영화와 비교 분석도 필요합니다. 열거하신 영화 중 〈화양연화〉나

〈해피투게더〉 등 비슷한 영화의 내용을 간략히 소개한다면 〈중경삼림〉의 특징이 더욱 분명해질 겁니다. '비교'는 다른 것과 비교 대상을 구별하는 가장 쉽고 빠른 방법이기 때문입니다.

영화 이론을 들이밀고 기술 요소, 카메라의 앵글과 조명, 배우들의 연기와 극의 흐름을 일일이 분석하지는 않더라도 영화 형식에 대한 이야기가 들어가면 더 풍성한 글이 될 것 같네요. 혼자만의 영화 리뷰는 자신을 돌아보고 사랑과 이별 경험을 반추하는 것만으로도 괜찮겠지요. 하지만 한 발 더 나아가면 다른 사람도 더 깊이 공감할 수 있는 좋은 글이 될 겁니다.

나만의 키워드를 다양하게 찾아보세요

영화 한 편에는 수많은 메시지가 담겨 있습니다. 같은 책을 읽고 서로 다른 부분에 밑줄을 긋는 것처럼, 같은 영화를 봐도 감독의 의도와 달리 관객마다 서로 다른 장면에서 감동을 받습니다. 저는 〈중경삼림〉이 생각날 때면 영화 OST 〈캘리포니아 드리밍California Dreaming〉을 듣습니다. 이 영화는 감정의 과잉 없이 당시로서는 놀랄 만큼 쿨한 태도로 이별과 만남을 보여 줍니다. 사랑 영화의 주인공이 모두 '남자', '경찰'인 경우도 드물죠. 경찰 223과 경찰 663은 같으면서 또 다른 면이 있습니다.

블로그를 매개로 여러 사람에게 민선 님의 영화 이야기를 들려주고 싶다면 조금 더 깊고 개성적인 관점이 필요합니다. 영화에서 읽어 낸 키워드도 좋고 개인적 경험에서 우러나온 이야기와 엮어도 좋겠네요. 앞으로도 꾸준하게 글을 쓰면서 민선 님만의 재치로 무겁고 심각한 이야기를 쉽게 풀어내는 능력을 계속 발휘하시길 기대하겠습니다.

주제가 분명하면 더 생생한 글이 됩니다

마지막으로 글의 주제입니다. 어떤 글이든 목적이 있습니다. '그냥' 썼다고 하는 글도 마찬가지입니다. 감정 표현, 생각 정리, 저장과 기록 등의 목적을 '그냥'이라고 표현했을 수도 있습니다. 하지만 어떤 목적이든 글에서 말하고 싶은 '무엇'이 주제입니다. 분명한 주제는 글을 더 생생하게 만듭니다. 머릿속에 떠오른 생각을 적어 가면서 카타르시스를 느낄 수도 있지만, 분명한 주제를 잡아서 통일성과 완결성을 갖춘 글을 써 보시기 바랍니다. 영화뿐 아니라 공연과 여행에 대한 글을 쓸 때도 방법은 비슷합니다. 앞으로도 한 편 한 편의 글이 켜켜이 쌓여 민선 님의 삶이 풍요로워지기를 기원합니다. 😊

안나푸르나 트레킹

이순희

2년 전 폐암 수술 후 주변에서 걱정스러운 시선을 받게 되었다. 자격지심이랄까? 학교에서는 명퇴를 기대하는 것처럼 여겨지기도 했다. 그런데 올 겨울방학 때 안나푸르나 트레킹을 가자는 제안을 받게 되었다. 망설이지 않고 결정했다.

그러나 4월에 네팔, 카트만두에 엄청난 지진이 일어났다. 뉴스마다 많은 유적지가 파괴된 모습이 연일 보도 되었다. 겨울 방학까지는 아직 멀었지만 그때까지 복구는 역부족인 것 같았다. 그러나 알아보니 히말라야 쪽이 통제 되었고 안나푸르나 쪽은 괜찮다고 했다. 우리는 계획대로 떠나기로 했다.

일행은 모두 여선생들로 30대 미혼, 50대 초반 2명, 그리고 올해가 환갑인 나로 구성되었다. 나는 혹여 민폐를 끼치는 일이 생길까 싶어 틈만 나면 걷기와 등산으로 체력을 키웠다.

서울서 출발한 우리 일행 네 명은 방콕으로 간 후, 카트만두로 갈아타고 카트만두에서 경비행기를 타고 포카라로 이동했다. 경비행기 오른쪽에 자리 잡고 앉아 30분 내내 히말라야 설산을 바라보았다.

포카라에 도착하여 호텔에 짐을 풀고 '산촌다람쥐'라는 한식당을 찾아가 여러 정보를 얻으며 트레킹 준비를 했다. 배우처럼 잘 생긴 식당주인은 올 초에 결혼하고 가게를 넓혔는데 네팔 지진으로 인해 트레킹 하는 인구가 반 이상 줄어 경영난을 겪고 있다고 한숨 섞인 말을 했다. 우리는 그에게 준비해간 된장과 고추장을 주었고 그는 우리에게 맛있는 점심을 대접했다.

다음 날, 소개받은 네팔 현지인 '람'과 '비몰'의 안내를 받으며 9박 10일간의 트레킹을 시작했다. 안나푸르나 트레킹의 목표 지점은 A.B.C.(안나푸르나 베이스캠프)였다. 그곳은 날씨가 뒷받침해주지 않으면 갈 수 없는 곳이라 했다. 듬직해 보이는 '람'은 30대 중반의 베테랑으로 우리의 리더이고 20대 초반의 '비몰'은 후미에서 우리를 도왔다. 여행이 끝났을 때 우리 일행은 그 두 사람을 평생 잊을 수 없게 되었다.

사적인 글쓰기

12월 27일: 포카라 - 나야풀 - 힐레-울레리
등산화 바닥에 구멍 나다

첫째 날은 아침부터 짐정리로 무척 부산스러웠다. 포터에게 개인당 7.5킬로의 물건만 맡기고 각자 짊어지고 가야 했기 때문이다. 포카라에서 지프차로 2시간거리의 나야풀까지 이동한 후 걷기 시작하여 힐레에 있는 롯지에 도착하기까지 매우 험난한 코스처럼 여겨졌던 하루였다.

힐레에서 2시간 정도 돌계단의 오르막길이 무척 힘들었다. 그래도 현지인 동네를 지나면서 그들이 모습을 들여다보고 아름다운 숲길에서 위안을 얻을 수 있었다. 도착 후 샤워하고 저녁식사로 누룽지를 끓여 달라 부탁하고 식당에 있는 티베트식 만두와 야채볶음을 준비해 간 밑반찬과 함께 먹고는 우리 모두 뿌듯했다.

저녁이 되면서 추워지기 시작했다. 식사 후 식당 한 쪽 난롯가(나무 때는 난로)로 가서 피로를 풀며 신나게 이야기를 하고 있었다. 그때 난로 아랫부분에 구멍이 뚫어져 있는 줄 모르고 발을 녹이고 있던 내 왼쪽 등산화 발부분에 불이 붙었던 것이다. 일행 중 한 명이 "선생님! 신발! 신발!" 하는 소리를 듣고야 급히 불을 끄고 보니 엄지발가락 부분 밑바닥에 구멍이 났다. 이 사건으로 난로 주변에 모여 있던 세계 각지에서 온 트레킹족들이 놀라기도 하고 웃기도 하면서 친해졌지만 트레킹 하려면 신발이 중요한데 나로서는 기가 막힐 노릇이었다.

그때 그것을 지켜보고 있던 스페인 남자가 내게 "No problem"이라고 말하고는 람에게 뭔가 설명을 했다. 그리고 나자 람은 내 신발을 들고 사라졌다가 30분 후에 빙그레 웃으며 나타났다. 고무슬리퍼를 녹여서 뚫린 구멍을 메웠는데 다행히 구멍이 그리 깊지는 않았다고 한다. 덕분에 편히 잠을 잘 수 있었다.

안나푸르나 남봉을 바라보며 걸었던 험한 길, 끝없는 계단길, 아늑한 길, 아름다운 길, 무거운 짐이나 닭 실은 상자를 등에 짊어지고 가던 노새들과 그들이 길에 널려놓은 똥, 설산에서 내려오는 물살, 다양한 다리들 그리고 람과 비몰을 오래 오래 행복한 기억으로 간직할 것이다.

롯지에서 아침에 출발할 때는 춥지만 걷는 동안 더워져서 반팔을 입기도 하나 다시 롯지에 도착하고 해가 지면 엄청 추워졌다. 잘 때는 뜨거운 물통을 침낭 안에 넣고 잤다. 롯지에도 이불이 있어서 침낭 위에 이불을 덮고 자면 때론 덥기까지 했지만 아침엔 추워서 일어날 엄두가 나지 않았다. 아침엔 항상 고양이 세수. 아침 식사 후 출발하기 전 까지 시간적 여유가 있는 경우는 열심히 스트레칭을 했다. 걷는 동안 틈틈이 체력 보충하는 간식을 먹어 주었다.

누가 안나푸르나 트레킹을 남녀노소 누구나 할 수 있다고 했나? 내게는 때론 말할 수 없는 고통이었다. 몇 년 전 갔던 설악산 공룡능선 두 개는 넘는 것 같았다. 물론 하산 길은 지리산 둘레길, 제주 올레길 같이 아름답고 평탄한 길이 계속되기도 했다.

트레킹을 해 낼 수 있었던 것은 함께 간 동료들과 포터 람과 비몰 덕분이다. 우리가 쉬고 떠날 때마다 뒷정리를 한 후 앞장서던 '람'이 자주 하는 말은 "No problem." "That's ok." "Slow."였다. 그리고 가녀린 몸매로 묵묵히 뒤처지는 사람을 위해 맨 뒤에서 걷던 '비몰'은 말수가 적지만 머리모양에 무척 신경을 쓰는 23세 청년이었다. 비몰이 왼쪽 눈동자에 문제가 있어서 다른 사람과의 눈 맞춤을 가능한 피한다는 것을 나중에야 알고 우리나라에서라면 고칠 수도 있지 않을까 싶은 마음에 가슴 아팠다.

등반을 하는 동안 많은 짐꾼들을 보게 되는데 롯지에 물건을 대는 어마어마한 짐을 나르는 사람도 있고 트레킹 하는 사람들의 짐 25킬로를 홀로 나르는 짐꾼도 볼 수 있었다. 우리 팀의 '람'과 '비몰'은 안내도 겸하는 것으로 계약했기 때문에 함께 걷고 그들의 짐은 각 15킬로로 정했다.

사글사글 상담실

교육청에서 글쓰기 강의를 한 뒤 이순희 선생님의 글을 받고 한참 생각에 잠겼습니다. 나이 듦에 대하여, 건강과 죽음에 대하여 우리는 너무 준비가 없는 건 아닐까 싶었기 때문입니다. 폐암 수술과 환갑의 나이에도 불구하고 안나푸르나 트레킹을 감행한 용기에 말로 표현할 수 없이 큰 감동을 받았습니다. 9박 10일간 매일 상세하게 기록한 내용을 모두 싣지 못해 아쉬운 마음입니다.

정갈한 글을 더욱 맛깔나게 만들려면?

기록을 위한 글쓰기는 대부분 시간·장소·방법에 따라 객관적 사실을 나열하죠. 기행문도 크게 다르지 않습니다. 시간 순서대로 장소 이동과 보고 듣고 느낀 일을 적는 것이 기본입니다. 이순희 선생님의 글은 여기에 충실합니다. 트레킹을 가기 전 마음과 건강 상태 등 개인적 소회를 담담하게 전합니다. 전체적으로 매우 정갈하고 손색없는 형식의 글입니다. 떠나기 전 상황, 나날의 기록, 여행을 마친 뒤의 소감으로 이루어진 완결성 있는 기록이기 때문

사적인 글쓰기

입니다. 하지만 지나치게 전형적이어서 다소 읽는 재미가 부족합니다.

글쓰기에 정해진 규칙은 없습니다. 자유롭고 편안한 글쓰기가 오히려 내용을 풍부하게 만듭니다. 9박 10일 동안 가장 인상 깊었던 사건을 앞에 내세워 시간 순서를 바꿔도 좋고, 하루도 빠짐없이 그날의 기록을 전하는 대신 전체 여정을 기록한 뒤 주요 에피소드에 집중한다면 더 흥미로운 글이 될 듯 싶습니다. 그러면 더 구체적이고 실감나는 장면 묘사도 가능하고 이순희 선생님의 생각과 감정도 다양하게 표현할 수 있을 겁니다.

독자를 정하고 글을 써 보세요

글은 자기 삶을 반추하는 가장 좋은 방법이고, 사랑하는 가족과 지인들에게 추억을 제공하는 일이기도 합니다. 우리는 언젠가 떠납니다. 그렇다면 자식에게 혹은 친구에게 남기는 편지 형식의 여행기는 어떨까요? 이순희 선생님은 누구를 위해 이 글을 쓰셨을까 궁금했습니다. 불특정 다수에게 안나푸르나에 먼저 다녀온 사람의 노하우를 전하고 싶었나요? 아니면 함께 다녀온 선생님들과 공감하고 싶은 마음이었나요? 독자를 의식하면 글을 쓰는 방법과 태도를 다시 한 번 가다듬게 됩니다.

치유하는 글쓰기

여행을 떠나면, 익숙한 사람의 낯선 모습을 발견하고 내 삶의 모양과 전혀 다른 이의 일상을 들여다보게 됩니다. 그 과정에서 내가 사는 세상이 얼마나 작은지, 내 고민과 고통의 무게가 얼마나 가벼운지 확인하기도 하지요. '여행'은 자기 상처를 스스로 치유하고 타인의 고통을 유추할 수 있는 공감 능력을 기르는 과정이 아닐까요? 다른 세상을 체험하고 인간과 세상을 보는 안목을 기르는 과정을 여행기에 녹인다면 훨씬 더 좋은 글이 될 것 같습니다.

이 글에서는 이순희 선생님의 이야기와 함께 안나푸르나를 걸었던 세 선생님의 이야기가 섞이면 어떨까 싶었습니다. 또한 람과 비몰에 대한 고마움뿐 아니라 그들의 눈빛, 표정과 태도, 안나푸르나의 기막힌 풍광이 이순희 선생님만의 언어로 '묘사'된다면 더 감동적인 글이 될 것 같습니다. 육체적 고통과 힘겨움, 마음속의 치열한 갈등, 출발할 때와 돌아올 때의 변화 등을 적어 보세요. 누구나 같은 장소를 다녀가겠지만 나만 본 특별한 돌멩이 하나가 이순희 선생님만의 개성적인 글을 만듭니다. 이순희 선생님의 글이 세상 사람들에게 더 큰 감동을 주고 공감을 얻을 수 있으면 좋겠습니다. ☺

'사적인 글쓰기'를 돕는 몇 권의 책

참고 문헌

'사적인 글쓰기'를 돕는 몇 권의 책

글을 쓸 때 필요한 건 이론과 지식보다는 관심과 열정입니다. 기술은 필요에 따라 배울 수 있지만, 자기 삶에 대한 성찰과 고민의 시간은 스스로 만들어야 합니다. 이제 글쓰기를 막 시작하려는 분 혹은 꾸준히 글을 써 온 분에게 글을 쓰는 이유, 생각을 글로 옮기는 기술, 자기 문장에 대한 점검, 문학적 글쓰기에 대한 고민을 이어 갈 수 있는 책 몇 권을 추천합니다.

《나는 왜 쓰는가》 | 조지 오웰 지음, 이한중 옮김, 한겨레출판, 2010.

누군가에게 잘난 척하고 인정받고 싶은 마음, 예쁜 꽃과 저녁놀을 보고 뭉클한 감정, 부조리한 사회에 대한 분노 등 글을 쓰는 이유는 제각각입니다. 사람마다 글을 쓰는 이유가 다르고 쓰고 싶은 욕망에도 차이가 있습니다. 세계적인 작가 조지 오웰의 고민은 무엇이었고 그가 왜 글을 썼는지 살펴보면, 당신이 누구든 어떤 일을 하든 글을 쓰고 싶다는 생각을 할지도 모릅니다.

작가가 되려는 마음이 없어도 좋습니다. 조지 오웰의 고민도 당신의 고민과 크게 다르지 않을 테니까요.

《표현의 기술》| 유시민 지음, 정훈이 그림, 생각의길, 2016.

'지식 소매상'을 자처하던 유시민이 어느 날 정치판에 뛰어듭니다. 그리고 다시 '작가'로 돌아온 그가 '글쓰기 특강'을 선보인 뒤에 '표현의 기술'을 전수합니다. 같은 재료를 가지고도 요리사마다 다른 맛을 내듯, 비슷한 이야기도 더 재밌게 하는 사람이 있습니다. '표현의 기술'은 잔재주나 손기술이 아니라 공감과 설득의 기술입니다. 읽는 사람의 가슴과 머리를 움직이는 기술은 무엇일까요? 진정성이 느껴지는 글을 효과적으로 표현하기 위해서는 기본에 충실해야 합니다. 절로 웃음이 나는 정훈이의 그림은 글쓰기의 핵심을 이해하는 데 큰 도움이 됩니다.

《글쓰기 생각쓰기》| 윌리엄 진서 지음, 이한중 옮김, 돌베개, 2007.

원서의 초판이 40여 년 전에 간행된 이 책을 사람들이 지금도 찾는 데는 그만한 이유가 있습니다. 논픽션 작가처럼 명쾌하고 논리 정연한 글을 쓰려는 욕망은 누구나 품고 있을 테지요. 윌리엄 진서는 쉬운 말로 글쓰기의 원칙과 방법을 분명하게 제시합니다. 그리고 무엇보다 '형식'에 따라 글의 내용이 달라져야 한다고 조언합니다. 시간이 흘러도 글쓰기의 중요성은 줄어

'사적인 글쓰기'를
돕는 몇 권의 책

들지 않습니다. 자기 생각을 표현하고 자료를 분석·정리하는 능력, 창조적 상상력을 발휘해야 할 일이 늘수록 글쓰기의 중요성이 더 강조되지 않을까요?

《내 문장이 그렇게 이상한가요?》| 김정선, 유유, 2016.

오랫동안 교정·교열 전문가로 일해 온 김정선의 책은 글을 쓰는 사람에게 소금 같은 역할을 합니다. 너무 많이 넣으면 짜서 못 먹지만 소금을 넣지 않은 음식은 상상하기도 어렵습니다. 아무리 훌륭한 주제와 기막힌 내용이라도 문장이 어색하고 이해하기 어렵다면 좋은 글이라고 할 수 없습니다. 습관적으로 반복하는 실수, 아무 생각 없이 저지르는 오류가 읽는 사람의 인상을 찌푸리게 합니다. 군더더기 없이 단정하고 깔끔한 문장은 특별한 조건과 공식을 따르는 게 아니라 기본에 충실한 문장입니다.

《황홀한 글감옥》| 조정래, 시사IN북, 2009.

손으로 글을 쓰는 작가에게 정사각형의 원고지는 감옥처럼 보일지도 모릅니다. 그러나 조정래는 이를 황홀하고도 행복한 감옥이라고 말합니다. 이 책은 수없이 이어진 빈칸을 채우며 '글감옥'에 갇힌 조정래가 독자의 물음에 답하는 내용입니다. 작가로서 일가를 이룬 조정래는 글쓰기가 자기와의 치열한 싸움이라고 고백합니다. 50년 동안 글을 써 온 작가는 젊은이들이 던진 수많은 질문에 정성스럽고 진지하게 답하며 자신의 문학·작품·인생에 대해 이야기합니다. 그가 소설가로 살아 온 생애에 대한 경외감이 들 뿐 아니라 글쓰기가 우리 삶을 또 어떻게 변화시킬지 궁금해집니다.

《좋은 산문의 길, 스타일》 | F. L. 루카스 지음, 이은경 옮김, 메멘토, 2018.

스타일(style)은 글쓴이의 지문과 같습니다. 좋은 글은 글쓴이의 빛깔과 향기를 담고 있습니다. 사람마다 생김새가 다르듯이 글은 저마다 다른 모양입니다. 루카스는 '좋은 산문의 조건'으로 명료성뿐만 아니라 간결성과 다양성, 세련성과 소박함, 낙천적 기질과 유쾌함, 건강과 활력, 직유와 은유를 제시합니다. 이 책은 문학 위주의 풍부한 예문을 통해 실제적 도움을 줍니다. 글을 쓰기 위해 오랫동안 고민해 온 사람이라면 밑줄 긋고 필사하고 싶은 부분이 많을 겁니다. 당신은 어떤 스타일의 글을 쓰고 싶은가요? 부디, 아름다운 빛을 내고 좋은 향이 나는 글을 쓰시기 바랍니다.

참고 문헌

· F. L. 루카스 지음, 이은경 옮김, 《좋은 산문의 길, 스타일》, 메멘토, 2018.

· 고미숙 외, 《몸과 삶이 만나는 글, 누드 글쓰기》, 북드라망, 2011.

· 김성수 외, 《생각하고 소통하는 글쓰기》, 삼인, 2018.

· 김정선, 《내 문장이 그렇게 이상한가요?》, 유유, 2016.

· 나탈리 골드버그 지음, 권진욱 옮김, 《뼛속까지 내려가서 써라》, 한문화, 2013.

· 데릭 젠슨 지음, 김정훈 옮김, 《네 멋대로 써라》, 삼인, 2005.

· 도정일 외, 《글쓰기의 최소원칙》, 룩스문디, 2008.

· 로버트 맥키 지음, 고영범·이승민 옮김, 《Story 시나리오 어떻게 쓸 것인가》, 민음인, 2002.

· 루츠 폰 베르더·바바라 슐테-슈타이니케 지음, 김동희 옮김, 《날마다 글쓰기》, 들녘, 2016.

· 메러디스 매런 엮음, 김희숙·윤승희 옮김, 《잘 쓰려고 하지 마라》, 생각의길, 2013.

· 박미라, 《치유하는 글쓰기》, 한겨레출판, 2008.

· 사이토 다카시 지음, 황혜숙 옮김, 《사이토 다카시의 2000자를 쓰는 힘》, 루비박스, 2016.

· 셰퍼드 코미나스 지음, 임옥희 옮김, 《나를 위로하는 글쓰기》, 홍익출판사, 2018.

· 송준호, 《좋은 문장 나쁜 문장》, 살림, 2009.

사적인 글쓰기

- 스티븐 킹 지음, 김진준 옮김, 《유혹하는 글쓰기》, 김영사, 2017.
- 스티븐 테일러 골즈베리 지음, 남경태 옮김, 《글쓰기 로드맵 101》, 들녘, 2007.
- 안정효, 《안정효의 글쓰기 만보》, 모멘토, 2006.
- 오도엽, 《속 시원한 글쓰기》, 한겨레출판, 2012.
- 윌리엄 진서 지음, 서대경 옮김, 《공부가 되는 글쓰기》, 유유, 2017.
- 윌리엄 진서 지음, 이한중 옮김, 《글쓰기 생각쓰기》, 돌베개, 2007.
- 유시민 지음, 정훈이 그림, 《표현의 기술》, 생각의길, 2016.
- 이만교, 《나를 바꾸는 글쓰기 공작소》, 그린비, 2009.
- 이병갑, 《우리말 문장 바로 쓰기 노트》, 민음사, 2009.
- 이오덕, 《이오덕의 글쓰기》, 양철북, 2017.
- 이외수, 《글쓰기의 공중부양》, 해냄, 2007.
- 이태준, 《문장강화》, 창비, 2005.
- 임정섭, 《글쓰기 훈련소》, 경향미디어, 2009.
- 장석주, 《글쓰기는 스타일이다》, 중앙북스, 2015.
- 장하늘, 《글 고치기 전략》, 다산초당, 2006.
- 조정래, 《황홀한 글감옥》, 시사IN북, 2009.
- 조지 오웰 지음, 이한중 옮김, 《나는 왜 쓰는가》, 한겨레출판, 2010.

사적인 글쓰기

지은이 | 류대성

1판 1쇄 발행일 2018년 6월 25일

발행인 | 김학원
편집주간 | 김민기 황서현
기획 | 문성환 박상경 임은선 김보희 최윤영 전두현 최인영 이보람 정민애 이문경 임재희 이효온
디자인 | 김태형 유주현 구현석 박인규 한예슬
마케팅 | 이한주 김창규 김한밀 윤민영 김규빈 송희진
저자·독자서비스 | 조다영 윤경희 이현주 이령은(humanist@humanistbooks.com)
조판 | 홍영사
용지 | 화인페이퍼
인쇄 | 청아문화사
제본 | 정민문화사

발행처 | (주)휴머니스트 출판그룹
출판등록 | 제313-2007-000007호(2007년 1월 5일)
주소 | (03991) 서울시 마포구 동교로23길 76(연남동)
전화 | 02-335-4422 팩스 | 02-334-3427
홈페이지 | www.humanistbooks.com

ⓒ 류대성, 2018

ISBN 979-11-6080-136-1 03800

- 이 도서의 국립중앙도서관 출판시도서목록(CIP)은 서지정보유통지원시스템 홈페이지(http://seoji.nl.go.kr) 와 국가자료공동목록시스템(http://www.nl.go.kr/kolisnet)에서 이용하실 수 있습니다. (CIP제어번호: CIP2018016472)

만든 사람들

편집주간 | 황서현
기획 | 이보람(lbr2001@humanistbooks.com) 최윤영
디자인 | 유주현